解開詛咒。

專屬於我的……

内田弘樹
ななお
illustration
精靈奴隸
解放戰爭
公主騎士與
詛咒項圈

# 目錄

# 序章
# 兩位劍奴

「讓我在這裡遇見你……只能怪你自己倒了八輩子的楣。」

即使周圍傳來盛大的歡呼聲，少女的聲音卻彷彿森林裡的清澈溪流般清脆悅耳。

「我絕對饒不了你……就讓一切的恩怨就此做出了斷。」

對準我的那把劍，在太陽的照映下反射著耀眼光芒。

「儘管你我都已淪落至此，但憑你的實力並不需要我手下留情。你覺悟吧，卡特！」

當我聽見這個名字，心底隨之掀起一陣漣漪，但我沒有將情緒表現在臉上。

馬克斯・柯涅爾斯・卡特・杜里馮——

這就是我的姓名。

對於『帝國』的自由人而言，這不是什麼罕見的名字。

馬克斯是名字，柯涅爾斯是氏族名，卡特是家族名，杜里馮則是號，說穿了就是「我是柯涅爾斯族卡特家的馬克斯，號杜里馮」。

至於自由人就是指擁有自由的人……換言之便不是奴隸。

『帝國』是利用奴隸制度奠定根基的國家，國內存在著許多奴隸。

奴隸的工作有許多種，其中最具代表性的就是劍鬥士。

在這座巨型競技場……帝國競技場裡，劍鬥士就是透過手中的武器打倒敵人，藉此來取悅成千上萬群聚在此的觀眾。對手可能是野獸及魔物，或是和自己一樣的奴隸……也就是其他的劍鬥士。

沒錯，就是現在的我……還有眼前這位美麗的少女。

「……妳這個精靈還是一樣聒譟。」

「咦……！」

「昔日在戰場上交手時我不就有說過，身為指揮官就別受私情左右。」

「你、你憑什麼資格教訓我！也不想想你自己跟我一樣都是奴隸呀！」

「我只是在跟妳講道理，與是否身為奴隸無關。」

「你還是老樣子滿嘴歪理……」一想到自己曾多次敗在你的手中，就令人懊惱不已！」

聽她那自來熟的語氣，讓人完全想像不出我們接下來將要互相殘殺……害我忍不住露出苦笑。

艾莎・條頓堡・艾爾菲納——

那雙如藍寶石般的眼睛裡布滿怒火，並夾雜著些許困惑之情。那頭金色秀髮以白色花瓣狀的髮圈在頭部兩側各綁一條馬尾，至於肌膚則彷彿初雪般白皙。身上穿著她出身地的傳統布甲。當事人的胸部越豐滿，就越能勾勒出完美的弧形。從她的小蠻腰至臀部的曼妙曲線著實令人驚豔。

而她最具特徵的部位，就是那雙尖尖的耳朵。

艾莎是一名女精靈。

現在和我一樣都是這裡的劍奴。

『帝國』為了國內的強盛，發兵遠征人族以外的異族……『蠻族』，直搗對方的領土四處獵捕『蠻族』，強行帶回國內奴役。

由於精靈手巧又長壽，因此最適合抓來當奴隸。另外，女精靈大多都擁有比人族出色的外貌，可說是相當珍貴的性奴隸。

所以每年都有數以萬計的精靈在戰爭中被俘虜，並販賣至『帝國』各地。

艾莎就是其中一人。

而且她是精靈族裡最大的部族・條頓堡族族長的女兒，曾以精靈騎士的身分領軍作戰。

她擁有傑出的戰鬥技巧，同時也是精靈之中少數會施展魔法的人，堪稱是能夠以一擋千的高手。

我昔日擔任過『帝國』軍的將軍，每年都會率軍遠征『蠻族』的領土，期間曾多次與條頓堡族交手，也跟艾莎劍戟相交過無數次。

在戰場上打倒並俘虜艾莎，導致她淪為奴隸的始作俑者就是我。

過去的我們都是一軍統領，在淪為奴隸後又再次兵戎相見……天底下實在沒有比這更為諷刺的事情了。

大概是我將心思表現在臉上，艾莎暴跳如雷地破口大罵。

「你笑什麼……!?你接下來可是會死在我的手中喔……！就算你在戰場上打贏過我，但換作是單挑的情況下……！」

「奉勸妳別太樂觀，難道妳以為我在開打前都沒有動手腳嗎？」

「什、什麼意思……？」

「記得是在瓦爾代森林那一戰嗎？我當時佯裝撤退，是誰強行率軍追擊，結果中了我方埋伏吞下慘敗啊……？」

「那、那是因為我第一次跟你交手，我哪知道相較於以往交手過的其他『帝國』軍人，你竟然這麼會耍小聰明……！」

「在塔甘羅格丘陵一役裡，你們遭受我軍夜襲後，一下子就潰不成軍了。」

「那是你提出決戰後，竟卑鄙到在兩軍布陣當晚就跑來偷襲！而且你還一臉得意地放話說『又沒人說「決戰」是在天亮後開打』！」

「說起米烏斯河的戰鬥，妳是還沒開打就直接逃跑了。」

「誰曉得你會派人開船過河繞到我軍後方，直接燒毀我方的糧草呀！」

「想想妳真的是一路輸給我……或許我應該乖乖把自己的項上人頭獻給妳才對。」

「住口！我才不需要你的同情！那樣反而突顯我有多麼可悲……！」

儘管以一名騎士來說，艾莎擁有逆天的力量，偏偏她不適合領軍作戰。問題出在她的個性過於直率，總在關鍵時刻欠缺冷靜。

不過她總會身先士卒，就算跟士兵們一樣弄得灰頭土臉也在所不惜，是個很為同伴著想的指揮官。

因此我對艾莎有著相當正面的評價，雖然若要我成為她的部下，我肯定是敬謝不敏，卻不禁覺得如果哪天能和她聯手抗敵，或許也挺有意思的。

正當我如此心想之際……

「……其實你的戰鬥方式著實令人大開眼界，每次都使出超乎想像的計謀把我們要得團團轉……『帝國』裡沒有其他將軍像你這般傑出。」

沒想到艾莎對我的評價也十分正面。

「畢竟你每次打完仗後，總會同意交換俘虜，並答應暫時停戰，讓雙方都可以幫死者收屍……即使這麼說頗奇怪的，但我是挺感謝你喔。」

「這沒什麼……我只是履行身為一軍統帥的義務罷了。」

『帝國』有許多將軍都只把精靈族視為奴隸的來源，自然把對方的性命視為草芥，戰爭前後都不會接受與對方談判。

不過這麼一來，精靈族也不會把我們視為對等的存在……萬一我方戰敗，對方以相同方式報復我們也怨不得人。

事實上，『帝國』就曾有一支遠征軍在森林裡遭到精靈族的圍攻，最終被人屠殺殆盡。

我為了避免這樣的悲劇再次重演，至少在戰場上會將精靈族視為與人族同等的存在，無論是交換俘虜或暫時停戰讓雙方回收遺體等等，諸如此類在戰爭中的基本程序都會遵守……換言之就是與對方展開「外交」。

我之所以能與理當是死敵的艾莎像這樣輕鬆交談，就是因為我們經常在談判中碰面。有時談判得太久，竟在不知不覺間與她把酒言歡，暢談雙方在戰術上的心得，甚至還跟她聊到徹夜未眠。

但我終究是基於「萬一戰敗時不想被殘忍對待」的一己之私……因此聽見艾莎的評價，我是感到有些意外，看來她對我的印象還算不錯。

不過艾莎的這種態度並沒有維持太久，很快就換回憤怒的表情。

「話雖如此，我依然無法原諒攻打我族故鄉的你。」

「…………」

「還害我淪為奴隸，以劍鬥士的身分參加這種比賽……甚至變成皇帝的專屬奴隸……！」

艾莎將目光移向競技場外圍的觀眾席……確切說來，是一處裝潢特別華麗的座位席。

坐於該處之人正是『帝國』的領導者。

也就是皇帝本人。

這座帝國競技場就位於『帝國』首都隆迪尼翁的中心處，皇帝平日幾乎都會來這裡觀戰。皇帝與其親族、輔佐皇帝的元老院跟擔任政要的執政官等都擁有各自的劍鬥士，而且這沒什麼好稀罕的。

當然對於精靈族而言，這群人是可恨的對象。在我跟艾莎談判當時，也曾多次聽見她們對皇帝充滿敵意的發言。

如今被可恨的皇帝當成奴隸飼養，並且當成娛樂的道具派來競技場戰鬥，對艾莎來說恐怕是屈辱到無以復加。

「我之所以每次上場戰鬥時都會穿這套布甲，就是因為那男人的興趣……！他把我們的文化當成某種展示……簡直就是在侮辱人……！」

從艾莎的發言不難聽出，皇帝是我們『帝國』人之中相當出名的精靈愛好者。

他不光擁有上百名類似艾莎的精靈劍鬥士，相傳也擁有同等數量的專屬精靈娼妓。

此人完全算不上是一名稱職的皇帝，他平常不是來競技場觀戰，就是從早到晚與精靈娼妓們盡情縱慾，從來不理朝政。

過去曾有執政官對皇帝墮落的生活方式提出諫言，不過這群人接連遭受皇帝重罰，如今已不再有人敢規勸皇帝。

我之所以會從將軍貶為奴隸，也是因為在擄獲艾莎一役之後，我認為繼續進攻『蠻族』已毫無經濟效益，於是針對『帝國』的政策提出反對意見，結果引起皇帝的不滿，最終因莫須有的罪名慘遭逮捕。

照此情形看來，不難想像皇帝會把自身的癖好強行加諸在艾莎身上。

而且根據傳聞，皇帝會把看上的劍鬥士升格為自己的側室，對她展開特別的調教。

恐怕艾莎就是其中的候補。

因此我不再多說，提劍擺出架勢。

「……你不再找藉口了嗎？雖然令人惱怒，倒也是很好的覺悟……」

艾莎也擺出戰鬥架勢，那雙鈷藍色的眼睛直直盯著我。

「……妳想光靠劍術打贏我嗎？不打算使用魔法？」

「……關於這點，我無可奉告。」

聽說成為劍鬥士的精靈之中，特別是高戰力者的身體會被動手腳，導致無法發揮出原來的力量，當然這麼做是為了避免當事人逃亡。

看來艾莎也沒能倖免。

「那我就如你所願……！」

艾莎朝我衝了過來，她將手中的劍高高舉起，一口氣劈向我。

戰鬥終於開始之後，競技場內更是歡聲雷動。曾經率軍遠征『蠻族』領土相當活躍的前『帝國』軍將軍，與敗給該將軍的精靈公主騎士展開宿命的對決，現場氣氛怎麼可能不被炒熱。

比起艾莎過去在戰場上的表現，她現在的動作是既遲鈍又破綻百出，明顯是因某種手段而導致力量遭到抑制，不過速度依然在常人之上。

「喝啊啊啊啊啊！」

眼看艾莎的劍迅速逼近至面前……下個瞬間——

鏘————！

我用右手的劍擋住斬擊。

「唔……！果然光憑現在的我……」

「妳的攻勢還是同樣如此俐落……換作是以往的妳，我肯定已經沒命了。」

「竟敢瞧不起我……！這種事我是再清楚不過……」

「艾莎，我有事情想與妳商量。」

「商、商量……!?重點是我之前就提醒過你，不許直呼我的名字……」

「妳想不想逃出這裡？」

「你我又沒有親暱到可以呼喚彼此的名字……啊、咦？逃出這裡!?」

艾莎吃驚到露出一副目瞪口呆的模樣。

「你的意思……是指逃獄嗎!?這、這種事哪可能辦得到……!?當然我是很想逃出去啦……」

此處警備森嚴，逃獄簡直就跟自殺無異……艾莎明顯是想表達這個意思。

「另外這裡除了我，還有好幾百名精靈劍鬥士……都是昔日與我並肩作戰的戰友……我不能眼睜睜拋下她們……！」

「那就帶她們一起走。」

「這太勉強了！帶著精靈劍鬥士們一起逃獄，根本就是叛亂。至今引發叛亂的劍鬥士們是何種下場，相信你非常清楚才對！」

『帝國』昔日發生過多起奴隸引發的叛亂，也就是奴隸叛亂，主謀也以劍鬥士居多。

儘管奴隸們掀起叛亂的理由多不勝數，但大部分都是想擺脫奴隸的身分，渴望得到自由。

不過每場奴隸叛亂最後都遭『帝國』軍鎮壓，參加叛亂的奴隸們全都被處以極刑。

如此一想，艾莎會猶豫也是無可厚非。

可是我搖搖頭說：

「至今的叛亂之所以全數失敗，理由是沒有一位優秀的指揮官。的確每一位劍鬥士都十分強悍，但在兩軍開戰時能否發揮實力又是另一門學問，像妳這女人就是最典型的例子。」

「或許是這樣沒錯啦……喂，最後那句『像妳這女人』是多餘的！」

「叛軍的指揮就交由我來處理，而妳只需負責統合精靈們即可。只要妳我同心協力，一定可以活下來。」

「但是……」

「倘若妳希望所有的精靈都能返回故鄉……我願意保證絕對會做到此事。」

艾莎錯愕地瞪大雙眼……不過很快就因為心生猶豫而將目光移開。

「……我沒辦法立刻給出答覆，因為我是皇帝的專屬奴隸……如果逃跑的話，天曉得將會面臨多麼慘烈的報復……」

接著她像是想傾訴某種如今已無法挽回的問題，一臉苦澀地說：

「更何況我的身體已經……」

下一秒，競技場的一隅發生爆炸。

位於該處的柵欄是通往競技場用來飼養野獸及魔物的地下室……爆炸的黑煙尚未散去，許多動物便迅速衝了出來。

「咿咿咿咿！一大群劍齒虎湧出來了！並且衝向觀眾席！」

「喂，那不是魔像嗎!?這下該怎麼辦!?」

「竟然連牛頭人跟半人馬都……!?」

競技場內轉瞬間陷入一片混亂。

面對在競技場內亂竄的野獸和魔物，觀眾們無視衛兵的指示四處逃竄，爭先恐後地湧向出入口。皇帝等人也同樣慌了手腳，被迫設法前去避難。

「等……卡特，難道這是你做的……!?」

「我確實有提前安裝火藥。畢竟聽說在這座競技場底下，有一處是用來飼養野獸與魔物的區域。」

「你說提前……？」

此時，能看見數名士兵穿過逃難的觀眾們跑向這裡。

其中有一位身材特別高大的男子，他以不合時宜的開朗語氣大喊：

「主帥！讓您久等了，作戰非常成功，情況如您所料是一片混亂！」

「這點小事不成問題。另外別喊我主帥，我的階級已非主帥，甚至不是軍團長。」

「主帥就是主帥，事到如今就別再叫我改口啦。」

「……！難不成你是……!?」

「喔、這位大姊，妳想起來我是誰啦？」

「每次與卡特談判時，總會跟在一旁的……」

「我叫做迪葛利斯．佩因，是杜里馮主帥的親衛隊長。雖說主帥被貶為奴後就丟了職位，可是當我得知主帥決定去挑戰『帝國』這個刺激的消息後，就立刻響應號召前來幫忙。妳看到的這一切，都是杜里馮主帥的計謀喔。」

「杜里馮？你們都稱呼卡特為杜里馮嗎？我聽說『帝國』人平常都不會呼喚對方的號，而是稱呼家族名耶。」

「咦？主帥，您沒跟她談這件事嗎？我說大姊啊，我家主帥可是……」

「眼下是閒聊的時候嗎？艾莎，快回答我剛才的問題。」

我打斷佩因的話，再次向艾莎提問。

「妳是要帶著其他精靈劍鬥士們逃出這裡？還是不願逃跑？倘若想逃，我會出手相助。假如妳選擇留下而非逃走，相信妳只要別生事就不會被問罪。」

艾莎彷彿想看穿我的心思，目不轉睛地與我對視……然後點頭說：

「我、我明白了……不過我有一個請求。」

「何事？」

「想必你早已明白，我現在無法發揮原來的力量。」

艾莎神色痛苦地斂下眼簾。

「尤其是魔法全都無法使用，到時希望你可以幫我解開身上的禁錮……」

「啊～是指這個啊，不必多說我也會幫妳的。」

由於『帝國』接下來的追擊會更加猛烈，因此自然是要設法讓艾莎發揮出所有力量。而且艾莎能否應戰，也關乎精靈們的士氣。

艾莎聽完突然臉頰一紅，像是想再次叮嚀般大叫：

「那、那就一言為定！別看我這樣，也是好不容易才鼓起勇氣喔！畢竟我也不是出於自願才提出這樣的請求……！」

「我聽不懂妳想表達什麼……總之妳是答應一起逃獄吧？那就順便去解救其他精靈，能麻煩妳幫忙帶路嗎？」

「我知道了，快跟我來……！」

接下來的幾十分鐘裡，我們救出被關押在競技場地底下多達兩百五十名以上的精靈並逃離現場，還趁亂襲擊位於附近的馬場及軍糧庫，取得馬匹和糧草後便逃出隆迪尼翁。

我回頭望去，發現市內仍有多處冒出黑煙，想來是從競技場逃走的魔物們還在作亂吧。

照此情形看來，軍方在短時間內無法調派人手離開隆迪尼翁。

「主帥，接下來該怎麼辦？」

策馬與我並行的佩因如此提問。

「首先是前往位於東北的哈爾施塔特。快馬加鞭應該三天左右即可抵達。」

「啊～是位於薩爾斯堡溪谷的城鎮吧。記得那裡有一座被軍方當成療養設施的古城，聽說是個山明水秀的地方。」

「我們先在那裡重整態勢。相信『帝國』不久後便會派出追兵，我們就在薩爾斯堡溪谷的某處迎擊，以備今後的戰鬥。」

「意思是挫挫敵人的銳氣對吧！話雖如此，光憑這點人數有勝算嗎？親衛隊加上逃獄的精靈們，總共也才三百人，感覺有點勉強喔。」

「設法取得勝利就是我們的工作。佩因，你率領一半的親衛隊先行趕往薩爾斯堡，去做好入城的準備，三天後跟你會合，懂了嗎？」

「收到！弟兄們，隨我來！」

佩因一聲令下後，親衛隊的士兵們便加快速度先一步離開了。

「……那麼，妳為何坐在這裡啊？」

我對著坐在背後的艾莎提問。在逃出隆迪尼翁之際，艾莎堅持要和我共乘一匹馬，迫使我只能選擇妥協。

這是我首次讓女性從背後抱住自己的身體共乘馬匹，能確實感受到艾莎那豐滿的酥胸緊貼在背上，令我有點心跳加速。不過置身如此情況下，我依然維持著平日那張冷酷的表情。

「妳有事想找我商量吧？我已讓佩因他們先一步離開，妳有什麼事就別客氣儘管說。」

「……嗯。」

艾莎點頭後，態度卻比先前更加扭扭捏捏。

她究竟是怎麼了……？

「那個，關於先前那個請求的後續……等我們抵達最初的目的地之後，為了讓我恢復力量……希望卡特你可以幫我解開身上的禁錮……」

「嗯，我別說是答應，不如說是求之不得……需要我幫忙準備什麼嗎？」

「也、也沒什麼好準備……啊、需要準備，而且是很多喔，很多！總之你必須來幫我！我可是瞧得起你才勉為其難同意喔！」

「就說我聽不懂妳想表達的意思……重點是該怎麼做才能夠解開禁錮？」

「是、是可以告訴你啦，但這是我們之間的祕密，希望你可以幫忙保密……」

「雖然我還是聽不懂，不過我願意答應妳……那麼，具體方法是？」

艾莎先是暫時陷入沉默，過了幾秒後像是終於下定決心般看著我……

滿臉通紅的她宛如做好覺悟，緩緩張口說出以下這句話。

「希望你……可以陪我做羞羞的事。」

# 第一章 精靈公主騎士獻出貞操之夜

## 1 哈爾施塔特古城

三天後，我們一如原定計畫抵達目的地哈爾施塔特。

「沒想到『帝國』境內也存在著景色如此秀麗的地方……」

當我們沿著城鎮的主要大道前進時，艾莎感動地喃喃自語。

在高山綿延的薩爾斯堡溪谷深處有著哈爾施塔特湖，此處就是位於該湖畔的小鎮。這裡自古就是相當有名的岩鹽採集區，因這裡風景優美，又被譽為「『帝國』境內風光最為明媚的湖邊小鎮」。

此刻映入我們眼中的這片光景，在在強調著這絕非浪得虛名。

目前正值初夏，以遼闊的藍天為背景，山上的針葉樹林染成碧綠色。湖泊如玻璃般純淨無瑕，色彩繽紛的街景倒映於湖面上。耳邊則持續傳來悅耳的鳥鳴聲和涓涓水聲。

隔著湖泊從城鎮眺望對岸，即可看見我們準備入住的哈爾施塔特城。

老實說，真希望並非為了戰爭而是來這裡度假……雖說是美景當前才令我萌生此念頭，但這終究是一種奢望。

「此處的景色與我等故鄉的條頓堡森林有些相似……不過這裡是針葉樹林，條頓堡森林則是以闊葉樹為主。」

「這樣啊。」

我回應得十分簡短。原因是就算我認同艾莎的這番話，不過與她最後一戰之後，下令燒毀她故鄉的人就是我，所以我覺得自己沒資格具體去回應她。

艾莎似乎察覺到我的心思，語氣有些內疚地解釋說：

「……你別在意，我只是有感而發，並沒有其他的意思。」

「…………」

「不過這裡真的很美……即便是為了活下去，能駐紮在此處倒也讓人心情不錯。」

「……說得也是。」

我暗自感謝艾莎的體諒，同時眺望著主要大道上的街景。

即使有一大群精靈奴隸，而且是劍鬥士們闖進來，鎮上的氣氛仍十分和諧。儘管居民們一臉驚訝地眺望著我們，卻沒有進一步的舉動，繼續過著日常生活。

相信是先一步抵達的佩因他們有向居民解釋情況，並支付相符的酬金吧。

『帝國』對於這種鄉下地方的影響力相對較小，至少在開戰之前，當地居民不會與我們為敵才對。

「主帥！讓您久等了！」

佩因領著數名親衛隊員策馬前來。我滿意地點點頭說：

「嗯，看來你已做好各種準備了。」

「至少此處居民的反應就如你所見。不過對方有趁此機會獅子大開口。」

「畢竟這裡再過一週就會化為戰場，稍微接受對方一些無理的要求也是莫可奈何。古城的狀況如何呢？」

「因為古城被軍方當成療養設施，所以用來過夜是完全沒問題。生活所需的糧草與物資則已統一委託鎮上的商人幫忙進貨，今天之內就會送達。」

「很好，那就趕緊入城吧。我想盡早讓精靈們休息。」

「遵命。另外……還有一件事情需要報告。」

佩因露出色瞇瞇的表情。光看他這種反應，不難想像報告與何事有關。

「鎮上的娼妓們似乎頗關切我們的休息狀況，不知能否趁早從今晚開始。」

艾莎聽見後立刻繃緊全身，彷彿整張臉快冒火般變得紅通通的。單單這個反應就不難看出她聯想到什麼了。

我也跟著心跳加快……卻維持一貫的撲克臉。

「那方面的休息就由你們自己去吧，我有其他要務得處理。記得打賞娼妓時要多給點錢，相信你們也不想惹人厭吧。」

「嘿嘿，那當然囉～……屬下就先告退了！」

佩因瞄了一眼艾莎之後，微微揚起嘴角促狹一笑，隨即策馬前往古城。

我忍住嘆息的衝動，語帶責備地輕聲呼喚。

「……艾莎。」

「我、我也沒辦法呀……！聽見他說的那些話，總會不小心聯想到嘛……！」

「即便如此也該忍住。佩因在看見妳的反應後，恐怕已有所覺察了。」

「這也是沒辦法呀，人家就害羞嘛……」艾莎仍鬧脾氣地將臉撇向一旁，吞吞吐吐地為自己辯解。這模樣看起來倒是挺可愛的。

「算了，先不提那些……妳確定要這麼做嗎？」

「……！那、那還用說！身為精靈公主是絕不能食言！」

艾莎氣呼呼地瞪著我。光從語調即可聽出她已失去冷靜。

「而、而且我並不是自願想跟你做喔！純粹是為了取回自己的力量，為了能保護大家，才迫於無奈拜託你喔……！」

「就是做愛……對吧？」

「這、這種事不必講得那麼清楚吧！」

## 2 詛咒裝束

「啥？為了解開『詛咒裝束』，妳不得不跟人做愛是嗎？」

「你、你幹麼複誦我說的話啦!?」

那個，一般說來，任誰聽見這種事都會想再問一次吧……

我與艾莎的這段對話，發生在逃離首都隆迪尼翁的當晚，為了養精蓄銳而駐紮在某處森林裡的時候。

考慮到敵方派遣追兵，按理來說根本沒時間休息，不過人跟馬都是如假包換的生物，倘若採取毫不休息的強行軍，將導致眾人過度消耗體力，最糟的情況還有可能喪命。

因此我趁著精靈們休息的期間，隔著火堆與艾莎繼續白天的話題。

大概是切入主題的緣故，即便周圍一片昏暗，依然能清楚看見艾莎雙頰泛紅，露出一副害羞到無以復加的樣子。

面對這個出乎意料的話題，我也同樣相當錯愕……總之先把這個話題接續下去。

「……換言之，艾莎妳的力量被『詛咒裝束』封住，為了解開此物，那個……妳必須跟人做愛是嗎？」

「別、別說得那麼露骨啦！好、好歹也說是羞羞事……！」

「兩者毫無差異吧。除此之外還有性交、交配、合體以及生殖等等……」

「那、那些也不許說！你這個人還真是粗神經耶！」

「對於我們這樣的將軍來說，必須具體看待性愛方面的問題。軍隊可是由一群擁有性衝動的男人所組成，假如沒有適時讓他們發洩，難保會在占領地引發變故，進一步還會造成軍紀敗壞或士氣低迷的情況，因此絕對要好好管理。」

「這是你們男人的歪理，也不為那些被當成玩物的女人們著想一下。」

「那就只要別打敗仗即可。若妳執意繼續這個話題，最終只會得出上述結論。」

我斬釘截鐵地拋出這句話。畢竟大家都再清楚不過，此類話題終究只會回歸這個結論。

艾莎不滿地嘟起嘴巴。明明是她把話題扯遠，現在又不好意思言歸正傳。那模樣也算得上是可愛啦。

「那麼，妳說的『詛咒裝束』是……？」

「……就是這個。」

艾莎摸著脖子上的項圈。

該物乍看之下是個較大的鐵製項圈，前側有個心形的小洞。不過仔細觀察，能看見項圈外側中間刻了一排古代文字。由於我看不懂古代語，自然無法理解上面寫著什麼。

「……只有一個嗎？」

「頸部有一個，手上有一個，大腿有一個，腳踝有一個，兩邊耳朵各有一個，共計六個。」

因為上頭掛著一小條鎖鍊，我原以為只是尋常拘束器的一部分……原來是這麼回事。

不過這種情趣用品真是惡質……是誰想出這種鬼點子啊？

「是皇帝親自給我戴上的。」

艾莎搶先一步回答我的疑問。

「在打輸你以後，我成了俘虜……確切說來是成為奴隸，被奴隸商人賣給『皇帝』……在首次見到『皇帝』時，就是他親手幫我戴上的。」

「難道妳沒抵抗嗎？」

「因為我的四肢都被上銬，實在是掙脫不掉，而且他威脅說若我膽敢輕舉妄動，就要將條頓堡族的精靈們通通處決……」

艾莎懊惱地咬緊下脣。

戰敗後淪為俘虜，遭人剝奪一切自由，在被威脅並強迫穿上那套只能用猥褻二字能形容的裝備……除了屈辱以外再無其他字眼可以形容。

「他還對我說，如果我想解開這套『詛咒裝束』，隨時都可以去找他。他還說當然也可以不拆下，只要我繼續當個劍鬥士，每次碰上的對手就會越來越強。」

「……意思是如果不想死的話，就乖乖成為他的玩物吧。」

「…………」

艾莎閉口不答，只是憤恨地握緊粉拳。

……算了，對於那個熱愛精靈的好色皇帝來說，的確很可能會想出這種方法。

不僅是逼迫對方的肉體，同時也對精神施壓，迫使對方屈服，令人最終願意成為自己的玩物……身為一名男人，多少還是會對此情況心生嚮往，但也不會讓人想去模仿。

「……妳沒考慮過自殺嗎？」

「當然有，不過一想到他會對其他精靈展開報復……我就無法付諸實行。」

「…………」

「根據皇帝的說法，每拆掉一個『詛咒裝束』，我的力量就會獲得一部分的解放，但是每個『裝束』都有不同的拆解條件，沒人知道何種條件分別對應哪個裝束，若想拆下就只能憑我自己去摸索。」

「嗯？先等一下，所以想拆下『詛咒裝束』，原則上就是得透過做……咳咳，那個，得透過羞羞的事情嗎？」

「對、對啦……」

「至於條件應該就是羞羞事的種類……也就是玩法本身，偏偏妳對具體方式並不清楚是嗎？」

「我剛才就已經說過啦！」

「暫停暫停，麻煩先等一下！意思是為了拆下所有的『詛咒裝束』，我必須不斷跟妳做各種羞羞的事情，設法摸索各種條件並達成是嗎!?」

「對、對啦！不、不過『詛咒裝束』共計六個，換言之就是至少六次！只要每次都一口氣滿足條件，六次就可以結束了！」

「但妳沒有解除條件的提示吧？另外未必單看次數就能滿足條件不是嗎……？或許有的條件是必須做羞羞事一百次才算完成。一個不小心還有可能是一千次……」

「等……你、你別危言聳聽啦！這可不是鬧著玩喔！」

「畢竟條件是『皇帝』定的，難保沒有這麼嚴苛的內容。畢竟他的目的是讓妳就連心靈方面都選擇屈服。比方說他就是想看見妳被逼得沒有退路後，享受妳被迫不斷嘗試新玩法的模樣……」

「嗚哇啊……」

「假如妳沒有跟我一起逃走，下場將悽慘到絕非三言兩語能夠形容的。」

艾莎聽我這麼一說，似乎終於明白後果恐怕遠超出她的想像，當場嚇得花容失色。

看她那副可憐樣，實在讓人有些於心不忍。

「……還是放棄算了？儘管以戰力來說，妳無法發揮全力是一大損失，但妳說什麼都很排斥的話……」

「……這倒是沒有。既然決定要做，我就不會輕言放棄。」

艾莎態度明確地搖了搖頭，似乎無人能動搖她心中的覺悟。

「明明同胞們將不顧危險浴血奮戰，豈能唯獨我一人無法好好戰鬥，所以這件事……我一定會堅持做到底。」

「妳不介意對象是我嗎？」

「我、我當然介意呀！誰願意跟你這種人做那檔事……！偏偏眼下除了你以外，沒有其他更適合的對象……」

艾莎羞澀地將視線撇開，雙頰泛紅地小聲說：

「而、而且你看起來不像是會粗魯對待女性的人，再加上歷經過之前的戰鬥……我多少明白你的為人……至少比起其他人……算是較能令我放心……」

「……能聽妳這麼說，感覺倒也不壞……」

畢竟在這狀況下被人臭罵「我死都不要跟你做那種事」，老實說會挺受傷的……

「為了避免你有所誤會，我先在此聲明清楚，即便同意讓你占有我的肉體，也不代表我喜歡你！我再重申一次，這麼做全都是為了戰鬥，是為了大家著想！所以……別以為我已經原諒你了！」

「我懂了。事已至此，我也不認為自己會敗給『帝國』，說什麼我都會將妳們送回故鄉，成為『帝國』第一位令奴隸叛亂成功，從此名留青史的偉人。」

沒錯，我的結論本來就只有一個。

唯有戰勝敵人才能夠活下去。

「為此，我需要妳的力量，所以我很感謝妳抱有這樣的覺悟。」

「……！沒、沒錯，你倒是很明理嘛！要我稍微稱讚你一下也無妨喔！」

「因此我與妳上床時不會夾帶私情，終究只是為了助妳擺脫詛咒……除此之外絕不會踰矩，也不會對妳做出必要以外的舉動。」

「說得好，那樣……呃，完全是大錯特錯！你根本什麼都沒聽懂吧!?」

「啥？那個，我有依照妳剛才的要求……」

「光是這樣回答我，就表示你全然沒有聽明白我的意思！」

艾莎面紅耳赤地指著我大叫。簡直是莫名其妙……

她見我一頭霧水後，狀似動怒到大感傻眼，於是發出一聲嘆息。

「不理你了……！因為剛說完很重要的事情，現在很累……我要睡了！」

「咦？不馬上開始嗎？」

「你、你說什麼……!?意思是現在做羞羞事嗎!?而且在這片森林裡？大家都還睡在一旁耶！」

「我覺得抓緊時間比較好，畢竟難保明天就碰上敵方的追擊部隊。並且以戰術方面來考量，這樣也更合乎道理……」

「是、是沒錯啦，但我真的辦不到！因、因為我需要做好心理準備，外加上地點、氣氛等等，那個，這些也都十分重要……」

「妳剛剛有說這是為了大家以及這場戰爭吧？妳現在這樣不就自相矛盾了？」

「才、才沒有那回事呢！總之不許在這裡！關於第一次……有了！等我們抵達目的地哈爾施塔特再說！」

「這樣會空出兩天的時間，依妳的性情，到時反倒會更尷尬。」

「我、我才不會尷尬呢！只是就事論事而已！沒錯，就是這樣！」

語畢，艾莎用毯子把頭蓋住，強行結束這場對話。

## 3　溫柔點

正如佩因所言，哈爾施塔特城內部的狀態相當良好，再加上軍方將這裡打造成療養設施，所以備有五百套以上的毯子與床鋪。

不久後，佩因他們委託的商人送來糧食，我們便決定先用餐。

令人意外的一點，就是精靈不擅長調理技術。精靈表示她們都住在森林裡，不太習慣用火，因此由我們來負責準備料理。

基於上述原因，精靈們便負責城堡與家具的修繕工作。她們不愧是森林民族，從附近的森林取得木材後，三兩下就完成任務。事實上在過去的戰爭裡，精靈設下的陷阱都難以發現，對人族士兵而言就如同夢魘一般。

事後，我在自己的房間稍作休息，時間恰好剛過午夜。

接著……

「我、我進來囉……」

「唔、嗯……」

在只有一張大床加上些許家具的這個房間裡，艾莎小心翼翼地推開門走了進來……此刻的她，穿著原來的那套布甲。

「……妳不是穿睡衣過來啊。」

「我、我怎麼可能以那麼羞人的裝扮跑來嘛！重點是我除了身上這套以外，就沒有其他衣服了！」

艾莎紅著臉大叫。明明接下來準備辦正事，她卻和往常一樣有精神。

「也對，畢竟妳不久前還是奴隸……嗯？那即使脫衣服，也無法脫掉『詛咒裝束』嗎？」

「……似乎在某種看不見的力量作用下，就算我想脫也脫不了。感覺就跟磁鐵一樣，很自然地緊緊貼在我的身上……」

「算了，畢竟它叫做『詛咒裝束』，就是能發揮出那種力量吧……」

「拜它所賜，在洗澡或睡覺時總讓我感到渾身不對勁。尤其是大腿上的裝束緊貼於肌膚上，我擔心汗流太多會導致汗疹……」

「對了，妳的布甲為何看起來這麼涼爽？」

……其實我原本是想問「為何看起來這麼煽情？」，不過總覺得只會惹來一頓罵，便趕緊換個說法。

畢竟裙襬短到大腿都被看光光，上半身前側則是大秀乳溝，背後更是除了臀部以外幾乎沒有布料蔽體……

「……這種事我也想問呀。我只知道這是精靈族傳統的戰鬥服……若是在森林戰鬥，衣服輕便點也比較好行動。」

語畢，艾莎便閉上嘴巴，默默坐於我所在的床鋪角落。

我同樣感到莫名緊張，就這麼不發一語。

彼此都明白接下來要做什麼，卻遲遲說不出口。

滴答，滴答，滴答……寧靜的房間裡只剩下時鐘秒針移動的聲響。

好、好尷尬……

「那、那麼，現在該怎麼辦？」

艾莎坐立不安地詢問。

「這、這還用問……不就是跟我做羞羞事嗎？」

「是、是沒錯啦！可、可是我完全不知道該怎麼做……！」

「就、就算這樣也用不著說出來吧！你這個人真的很粗神經耶！」

「難道妳是……處女？」

「我只是不確定才請教妳啊。」

依照艾莎羞澀的反應，至少能肯定她在那方面絕非經驗豐富……

「那、那還真是委屈你啦……！因為精靈比人類長壽，像我這種年輕的精靈，理所當然是毫無經驗！而且這也沒關係吧！」

「那我就是妳的第一個男人囉。」

「對、對啊！像、像我這種尊貴的精靈公主即將把第一次獻給你，你可要感到光榮喔！反倒是你，你對於那那那方面的經驗如何呢……？」

「妳放心，我好歹是『帝國』的將軍，假如沒找娼妓發洩性慾根本幹不下去。」

「這樣呀，既然如此……咦，這裡面有哪一點能讓人安心呀……!?」

「至少比起雙方都是第一次在那邊亂做要來得好。總之，再繼續這樣閒聊都要天亮了，是時候該……」

我接近艾莎，將手伸向她的肩膀……卻隨即停下動作。

因為艾莎的肩膀正在不停發抖。

不光肩膀，是她全身都在顫抖……明顯是承受不住恐懼與不安才會出現這種反應，就連表情也是為了壓抑住上述情緒而十分僵硬。

也對，任誰碰上這種情況都會感到害怕……

更何況獻身的對象並非同族，而是人族的男性，還是曾經與自己敵對的男子。

並且是獻出畢生唯獨一次的『初體驗』。

外加上艾莎非常缺乏對性的知識，自然是更加……

為了盡可能展現出自身的誠意，我彎下身子與艾莎平視，開口詢問說：

「想反悔就趁現在喔，相信妳也不願將最重要的第一次獻給自己完全不喜歡的男性吧。」

「沒、沒那回事……！要是我不努力的話，將會給同胞們添麻煩……」

「妳現在也是我的同伴，所以我盡量不想勉強妳，也不想傷害妳。此事不光是針對妳，為了讓自己活下去，我也必須這麼做。」

艾莎像是有些猶豫地注視著其他地方，不過我的話語似乎順利打動她，一段時間後她便與我四目相交。

「我還是很討厭你這種理性看待事物的態度，但是……」

艾莎身上的顫抖有稍微緩和下來……

「我之前也說過，你至今從未粗魯對待過任何一名女精靈……與我交手時也都光明磊落地戰鬥，不曾採取任何卑劣的行徑……」

艾莎輕輕伸出她那纖細白皙的指頭，與我十指緊扣，彷彿想抓住最後的希望。

那雙鈷藍色的眼睛因焦慮而有些溼潤，除了蘊含著不安以外……也透露出一絲期待。

在我眼前的不再是英勇果敢的精靈公主騎士，而是一位心思脆弱的少女。

對了，想想她比起其他精靈看起來是更加可愛……

一直以來，我只把她當成敵對的將領，或是為了實現心中目標的同志而已。

像這樣近距離看著艾莎，去感受她的氣息，我第一次對她產生憐愛之情。

這位堅強的精靈少女，為了同伴與重返故鄉，決定獻身給曾經敵對的我。

接下來，我將會賦予她永生難忘的一段時光與經驗……

艾莎依然沒有鬆手，看著我的眼睛……像在懇求般張口說：

「我現在只能相信你的為人，所以……」

「…………」

「希望你可以溫柔點……」

……儘管我以『帝國』將軍之姿經歷過多場戰爭，但我並沒有因此墮落，絕不會罔顧如此可愛又可憐的少女所提出的請求。

「……我明白了。」

為了避免破壞自己在艾莎心中的形象，我溫柔地抱住她……並輕輕地給她一吻。

## 4　失去貞潔

「嗯、唔……」

在與艾莎親吻的瞬間，她稍稍發出呻吟。恐怕這也是她的初吻。

於是我沒有立刻將舌頭伸進她的嘴裡，而是繼續溫柔地和她接吻。

這麼做是為了在進入下個階段之前，希望她可以放鬆下來……

因此我持續以輕柔溫和的方式與她接吻。

「嗯……親……啊……親……唔……」

艾莎起先緊張得全身緊繃，不過隨著輕柔的接吻方式緩緩放鬆身體，慢慢地倒在我的懷裡。

我穩穩抱住艾莎，故意讓唾液沾在嘴脣上發出親吻聲，藉此來營造氣氛。

「親……嗯……親……那、那個……？」

「嗯，怎麼了……？」

「做羞羞的事情……都會像這樣從接吻開始嗎……？」

「一、一般來說……是沒錯啦……」

「原來是……這樣啊……」

艾莎神情恍惚地點了一下頭。這種青澀的反應當真十分可愛。

「那麼，接下來就來更刺激點的。」

「更、更刺激點的……？」

「就是讓彼此的舌頭糾纏在一起，妳有聽說過舌吻嗎？」

「這、這種事……我沒聽說過……」

「那就把一切交給我。我會……溫柔對妳的……」

「唔、嗯……」

起先是與方才一樣接連輕吻……然後我慢慢把舌頭伸進艾莎的嘴裡，與她的舌頭纏在一起。

「嗯……！嗯……親……唔……」

艾莎起初有些吃驚，但她很快就習慣了，並積極地運用自己的舌頭。

我們開始熱吻，貪婪地想占有彼此。為了避免過於單調，我像是談話般動著嘴脣，打造出忽快忽慢的節奏。就算嘴邊溼答答的也持續親吻，完全沒將此事放心上。

與此同時，我開始撫摸艾莎的頭髮、沒有布料的腰間與背部，並往下移向大腿。

「…………！」

艾莎渾身稍微一抖，不過她的身體似乎已被快感支配，很快就習慣我的愛撫，開始發出蘊含熱度的喘息。

我慢慢將嘴脣移開……但是手邊的動作並未停下。

艾莎的嘴上沾著唾液，露出相當陶醉的表情。

「妳會癢嗎？」

「不會，反倒是很舒服……想讓你繼續摸下去……」

「我知道了……」

「……嗯！」

我出其不意地隔著衣服撫摸艾莎的胸部，溫柔地搓揉著。並且暗自提醒自己，切忌過於急躁……

「嗯……不行……被這樣……撫摸胸部……」

艾莎發出嬌喘聲。想來應該是很舒服。

她的胸部一如外觀……不對，是比想像中更豐滿，宛若一顆成熟的果實般既柔軟又充滿彈性，而且肌膚光滑細嫩，讓人想一直摸下去。

「可以讓我看看……妳的胸部嗎？」

「都、都什麼時候了，就別問這種問題嘛……」

「那我就不客氣囉。」

「……！」

我解開她腰部跟領口的鈕子，讓胸口的布料滑下來。下個瞬間，被布料包住的胸部柔嫩地彈出來。

一對形狀完美且充滿彈性的乳房，從布料的底下完全顯現。

美乳一詞或許就是為了此景而存在吧。

她的腰部摸起來柔嫩又有肉，卻依舊屬於小蠻腰的範疇裡。完美到如同出自神之手的窈窕身材，令我多少理解為何有許多男人都對女精靈如此著迷。

乳暈的大小與常人差不多，不過桃色的前端已稍稍變硬。

當我回神時，發現艾莎一臉困惑地望著我。

「妳怎麼了？」

「為、為何你要一直盯著我那沒什麼大不了的胸部看……!?」

「怎會沒什麼大不了，是真的很美喔。」

「就、就算你這樣讚美我也沒有獎勵喔……！」

「妳知道嗎？男人在看見女人的胸部後，就會重拾童心。尤其是像妳這種肌膚光滑且形狀完美的豐滿胸部，更是會產生這種反應。」

「是、是這樣嗎……!?」

「所以有些人會這麼做。」

「……！」

我用拇指和食指輕輕捏住艾莎兩邊的乳頭，開始動手玩弄著。

「嗯嗯……！啊、啊……咿……啊啊！」

艾莎拚命摀住自己的嘴巴，想避免自己發出聲音。這模樣真是可愛。

我的動作時快時慢，比方說右手玩弄著乳頭，左手則是撫摸整個乳房……有時也會將手移開胸部，撫摸艾莎的全身。

一段時間後，艾莎的乳頭完全充血變硬。

我見狀後也開始興奮，想立刻一口咬向艾莎的胸部，不過一想到她還是處女，隨即改變主意，把動作放輕點。

為了避免艾莎感到害怕，我慢慢把臉靠近左側的胸部……類似方才的輕吻那樣多次親吻她的乳頭。

「討厭！不要舔我的乳頭……！」

艾莎小聲抗議，狀似想掙扎卻還是乖乖就範了。

我順勢用嘴巴含住乳頭，溫柔地用舌頭來回舔著。

起先我有盡可能地放輕力道……然後開始增加變化，諸如用舌頭沿著乳暈畫圓，或是突然用力吸吮……

一股年輕女子特有的芬芳刺激著鼻腔，更加勾起我的性慾。

「嗯！好、好棒，那裡……好舒服……嗯嗯！」

我用左手一把抓住閒置的右側乳房，改用粗魯的方式搓揉。右側的搓揉搭配左側的溫柔舌舔，就此上演對比鮮明的愛撫。

「嗯……！呼啊啊……！」

艾莎似乎因為過於舒服，大聲嬌喘且不停掙扎，用力地扭動身軀。

在充分享用完這對美乳後，我稍稍從艾莎的身邊退開。

神情恍惚的艾莎雙頰染上微暈，不光是耳朵，就連頸部也徹底泛紅。至於乳頭上則沾滿我的唾液，並從變硬的前端滴了下來。這幅光景淫穢得難以言表……心中隨即湧現出一股無法形容的激情。

「怎、怎麼了……？」

「沒什麼……雖然還是同一句話，不過妳真的好美。」

「……笨蛋。」

艾莎輕聲責備，可是比起之前那種抗拒的態度好多了。

我以有些天真的口吻提問：

「妳知道接下來要做什麼嗎？」

「我、我當然知道啊！就、就是……你的那個放進我的那裡吧……？」

「原來妳已經知道啦……」

「為、為什麼你要顯得這麼遺憾!?」

「因為妳還是處女，所以我才有些好奇罷了。另外依照皇帝的性情，接下來應當會透過言語來調戲妳。」

「透過言語來調戲是……？」

「就是『我聽不懂妳說的「那個」跟「那裡」是什麼，麻煩妳說得具體點』。」

「唔……感覺那男人確實會這麼說……」

「那妳要說說看嗎？」

「咦……!?為何我要做這麼羞人的事情嘛……！」

「因為這類羞羞的事情今後有可能得做好幾次……搞不好還是幾十或幾百次。妳用這麼含糊的方式來形容總是很麻煩吧。趁現在趕緊習慣，日後將會輕鬆許多。」

「這、這是哪門子的歪理呀！」

「要不然就由我來告訴妳？首先妳說的『那個』是……」

「等、暫停……！與其聽人解釋，倒不如我自己說出口……！」

「那我就洗耳恭聽。」

「唔……小○雞跟小○穴。」

艾莎一臉不甘心……拚了命忍住心中害臊地說著。

……其實我並沒有強求什麼，以正式的陰莖跟陰道來稱呼也行……不過像這樣坦率回答，的確十分符合艾莎的作風，當真是惹人憐愛。

迫使像艾莎這樣英氣煥發的精靈美少女，當面說出這種不堪入耳的猥褻話語……老實說我心中一絲罪惡感都沒有，反倒是令我心滿意足。

我揚起嘴角點頭說：

「沒想到妳知道得這麼清楚。」

「因、因為有一名同伴很喜歡這類話題，我才剛好記住而已！」

「哦豁～」

艾莎見我一副不正經的樣子，直接對我賞了個白眼。

「或許你認為自己是個理性的人，但其實你是施虐狂卻毫無自覺吧。」

「可能喔。不過真要說來是拜妳所賜，我才會產生這種癖好。」

「你、你居然還怪我……!?」

「一名戴上項圈的精靈美少女出現在自己眼前，任誰都會變成這樣……那我就繼續囉。」

「唔、嗯……」

艾莎聽我清楚稱讚她為美少女似乎十分開心，以毫不排斥的語調回應，只是她也對即將開始的行為難掩不安，神情顯得有些僵硬。

為了幫艾莎解除緊張，我再次親吻她，同時用雙手撫摸她的胸部。

「嗯……啊……嗯噗……親……噗啊～！」

面對同時親吻與愛撫胸部所產生的快感，艾莎立刻變回春心蕩漾的表情。

我繼續親吻艾莎，以單手摟住她的身體，慢慢讓她仰躺在床上。

我從艾莎的雙臀上退開，脫掉她的裙子與底下的內褲。

隨之顯現由兩片嫩肉組成的小峽谷。該處的肌膚如嬰兒般細嫩，上面的毛稀少到近乎沒有。另外幾乎看不見小腹，當真是穠纖合度的身材。

艾莎的私密處已微微溼潤，隱約能看見左右張開的粉色嫩肉。

看著那朵介於清純與淫穢之間的花苞……一想到接下來可以對它為所欲為，有一股酥麻感隨之竄過全身。

「你、你不要看得這麼仔細啦，好羞人喔……」

艾莎似乎害羞到極限，以蚊蚋般的音量抗議著。

「我是答應跟你做羞羞事，但這與仔仔細細觀察我的身體是兩回事喔……！」

「難保『詛咒裝束』的其中一個解除條件是『讓人徹徹底底觀察私密處』喔。」

「這、這是哪門子的變態條件啊!?」

「依照那個皇帝的個性，加入這種條件也不足為奇……真不愧是精靈，就連私密處也好美，而且遠在人族之上……」

「即使你這麼讚美……也得不到任何好處喔……」

「說來遺憾，我已經得到好處了。」

「啊！」

我用指尖輕輕撫摸溼潤的洞口。以溼潤度而言，直接進去也不成問題，但既然不清楚存在著怎樣的解除條件，我決定盡可能按部就班地進行下去。

噗滋噗滋噗滋……

「討……厭……居然……發出聲音……啊……唔……！」

「妳那裡發出可愛的聲音囉。」

「你說誰……！啊……咿……不過……好舒服……呼啊……！」

我慢慢把指頭伸進蜜壺裡，享受著被嫩肉緊緊夾住，女體內那種溫熱潮溼的特有觸感。

「啊……啊……嗯噗！親……親……噗啊……」

在我用手刺激私密處的同時，三度與艾莎接吻，而且是直接舌吻。只見艾莎毫不猶豫地做出回應，主動纏住我的舌頭。口水交融所產生的溼潤聲響，與愛液氾濫的私密處被來回撫摸發出的聲音重疊在一塊。

噗滋噗滋，親吻親吻，噗滋，親吻……

現場瀰漫著愛液那微酸的氣味與汗味，化成最直接的官能刺激。

這樣的前戲應該已經足夠了……

我壓在艾莎身上，讓挺拔的分身接近艾莎的陰脣。

艾莎見狀後，不由得瞪大雙眼。

「那、那是何時變得這麼大的呀……!?」

「妳怎會這麼問……？要是沒變成這樣，就沒辦法插進去啦。」

「可是……我沒想到會變得這麼大嘛……」

「看來妳沒看過成年男子的這裡呀。」

「這、這我是不否認啦……但它當真進得來嗎……？」

「難道男精靈的這裡比人族小嗎？」

「這倒是沒聽說過啦……」

「那就沒問題了，雖然可能會有點痛，妳就稍微忍耐一下。」

「我、我知道了……！」

艾莎的語氣沒有一絲迷惘，再加上抱有明確的目的，想來是已經做好覺悟了。

「嗯……唔……」

當龜頭碰到陰脣的瞬間，艾莎全身一抖。儘管她有堅持住表情，雙手卻像是想掩飾心中恐懼似地緊抓著床單。

拖太久似乎也挺可憐的……

「艾莎，我進去囉。」

語畢，我沒等艾莎開口回應，就將分身插入淫潤的嫩肉之中。

「……！」

伴隨一股淫潤的聲音，龜頭隨即沒入其中，同時有種接觸到薄膜的感覺。我瞬間明白那就是處女膜，但我已決定別拖延太久，於是毫不猶豫地挺進去。

戳破……插入——！

「咿……！……!!……！」

艾莎咬緊牙根強忍著，發出不成聲音的呻吟。看來破瓜之痛當真非同小可。

為了回應艾莎的努力，我讓陰莖繼續深入。多虧有做足前戲，此刻可說是暢行無阻。

不久後，我的龜頭便頂到蜜壺深處較硬的部分。

由於艾莎的陰道從未被人開發過，與娼妓一比是相當緊，宛如想抵抗我的入侵般，分身能感受到來自四面八方的壓迫感。

不過相較於與娼妓的性行為，這帶給我完全無法比擬的快感。

無數溼潤柔軟的皺褶緊緊纏繞住我的分身，害我一進去就差點射精了。

也不知是艾莎的那裡堪稱稀世名器，或是每一位女精靈都是如此……

因為真的是過於舒服，我不由得發出一聲呻吟。

「你、你怎麼了……？」

艾莎不安地反問，令我回過神來。

「抱、抱歉……因為太過舒服，害我暫時走神了。」

「有、有舒服嗎……？」

「嗯，妳絕對是我至今抱過的女人裡最舒服的，不愧是精靈族的公主……」

「是、是嗎……？老實說我也不是很懂……」

香汗淋漓的艾莎，沒有絲毫反感地如此說著。

我觀察她的表情，突然冒出一個疑問。

「話說妳不痛嗎？瞧妳剛才有在忍住痛楚吧。」

「是、是會痛啦……但沒有想像中那麼痛……」

「這樣啊……」

「我曾聽說一般都會非常痛……大概是你真的……」

「真的……？」

「當、當我沒說！」

艾莎立刻將臉撇開。雖然不知道她想說什麼，不過她的身體已經適應這感覺也是好事。即便已徵得對方的同意，倘若她痛得哭天喊地，也會害我挺難辦的。

我稍微摸了摸陰脣……指頭上只沾有清澈透明的愛液。

破瓜是否會出血是因人而異，看來艾莎屬於不會流血的類型。我並不執著於處女是否會落紅，甚至很慶幸不會因此弄髒床單。

「那我動囉，眼下就先做到最後，再看看結果怎樣。」

「你那是什麼話，瞧你說得……」

艾莎似乎想提出抗議，但我沒等她說完就開始前後擺腰。

「啊！你怎能冷不防就……啊啊啊！」

艾莎忍不住發出呻吟。

她的陰道立刻湧現比先前更多的蜜汁，讓我更易於抽插。

符合處女肉壁的緊繃感和無數溫熱的皺褶同時襲向我……每當陰莖挺進去，就傳來一股足以把腰部融化的酥麻感。

噗滋！啉嚕！噗滋噗滋噗滋……

「啊……咿……啊……嗯……嗯唔唔……！」

艾莎不斷發出愉悅的嬌喘聲。

意思是她很舒服嗎……？不過我們正在性交，我得集中精神在艾莎的身體上。

「呼……啊……咿……啊……啊啊啊！」

艾莎以全身承受著我的肉棒，就這麼呼吸紊亂地發出呻吟。

每當我插進去，她的肩膀就會上下擺動，豐滿的胸部如棉花糖般搖晃抖動，金色的雙馬尾隨之搖盪。

「這、這就是……做愛……」

艾莎像是想確認自身的感受般喃喃自語。

「這就是……這就是……！」

在確認艾莎已習慣抽插後，我便增添其他花招。比方說用肉棒在陰道裡畫圓，以龜頭不斷刺激陰道口……

「啊……呼啊……啊啊啊啊！咿～！不可以頂那邊啦啊啊啊！」

當我用龜頭磨蹭蜜壺最深處的瞬間，艾莎嗓音虛弱地呼喊著。

「等……！剛才那是什麼……!?真的是……好舒服……！」

原來如此，這裡是艾莎最有感覺的位置。

那我就專注進攻該處。

「咿！停、停下來……！啊、咿！呼啊！啊啊啊啊！」

艾莎越叫越激動，甚至隨著時間開始主動擺腰配合我的動作。

噗滋！噗滋！噗滋滋滋……！

「呼啊啊啊！啊！唔！啊！呼啊！啊！」

我觀察艾莎淫亂的動作，忽然冒出一份期待。

照此情形看來，搞不好……搞不好可以……？

畢竟這是她的第一次，我萬萬沒想到能到那種階段……

「艾莎……！」

我加快抽插速度。倘若可行的話，我希望能讓雙方同時達到高潮。

即使我猛然加快速度，艾莎也動得更激烈。我們撞擊著彼此的肉體，一起向相同的目標邁進。

噗滋……噗滋噗滋噗滋噗滋噗滋！

「啊、咿、咿咿咿！好舒服……！我的腰……停不下來……啊啊啊！」

艾莎的嗓音與其肉體完全正中我的喜好，每當聽見她那嫵媚的嬌喘聲，我的射精衝動就隨之暴增。我想聽更多她的喘息聲，我想讓她發情到哭喊失控……我的內心竟萌生以上這種施虐狂般的願望。

就在如此緊要關頭之際，我才想起自己忘記確認一件非常重要的事情。

「艾莎……！很抱歉在這種時候要問妳一件事……」

「什、什麼事啦……!?啊！呼啊啊！啊啊啊啊！」

「我該射在妳體內還是外面？」

「哪有人挑在……這時候問……啊、咿！」

「感覺最有可能的解除條件之一就是內射，不過一想到這麼做會令妳作何感受……」

「我還能作何感受……這、這也是莫可奈何啊……！你、你就直接射在裡面吧……！」

「沒關係嗎？」

「沒、沒關係……咿！反正今天射進去……也不要緊……！另外……！」

艾莎宛如想祈求我似地與我十指緊扣，四目交纏說：

「我、我還以為戰敗之後……啊！跟人做這種事情時……再也不會被人溫柔對待……！」

「艾莎……」

「所以……啊！至少在第一次時……！咿！可以被人射在……裡面……！」

艾莎那雙鈷藍色的眼眸柔情似水，嗓音迫切地如此請求。

……原來如此，這問題對艾莎而言至關重要……並且也可以套用在我的身上。

我也不想死在這場戰爭裡。若是喪命，一切就結束了。

因此我必須打勝仗……把艾莎等人送回故鄉才行。

這一次的結合，也是我為了履行當初對她許下的約定。

這個崇高的志向，與艾莎因為被我抽插而胸部搖個不停、懇求我內射的淫蕩模樣形成反差，令我的性慾更加高漲。

「那我就不客氣了……！」

「啊！你怎麼……突然……！啊！啊！啊！」

我決定展開最後衝刺。此舉對話語遭打斷的艾莎來說似乎是一種偷襲，令她發出比先前更宏亮的呻吟聲，並拚了命地配合我的動作。

床鋪因為我們的動作而嘰嘎作響。汗水和愛液四處飛濺，在床單上形成點點水漬。

「忽、忽然出現一種非常舒服的感覺……來了！要來了！啊！啊啊啊啊——！」

艾莎扭動身體的同時，用力將背部往後仰。

剎那間，艾莎的蜜壺用力一縮……我拚命忍住的射精感也達到極限。

「艾……莎……！」

「啊咿——！卡特的那邊……變得更大……啊啊啊啊！」

我將陰莖挺進艾莎的最深處，在那裡解放自己的慾望。

噴！噴噴噴噴……！

我盡情地把精子射出去。因為許久沒有射精，我彷彿將累積至今的獸慾全都發洩出來了。

「啊啊啊！好燙的東西……噴在裡面……！幾乎塞滿……子宮的入口～……」

艾莎承受著我的體內射精，渾身不斷顫抖，變硬的乳頭也隨著乳房微微發顫。

「啊、唔、呼～咿～呼～……」

艾莎似乎因為高潮的緣故而精疲力盡，就這麼全身癱軟地躺在床上。

我在射完精液後，將男性象徵從艾莎的體內抽出來。

只見肉棒從陰脣牽出一條透明的黏液，隨之從中流出大量的白濁液體。

「那麼……妳有什麼感想呢？」

在雙方心情都平復下來以後，我為了確認結果如此詢問。

「唔、嗯……」

衣衫凌亂的艾莎靠著我，低頭看著自己身上的六個裝束……

「啊！」

裝於艾莎左腳踝的裝束開始發光，準確說來是寫於表面的古代語言發出光芒。

伴隨一陣物品碎裂的聲響，該裝束裂成兩半，落於地面，同時噴出一股蒸氣。

「喔喔喔～」

第一次的共同作業……儘管含意上有所差異，總之我和艾莎的確是成功了。

蒸氣噴完後，艾莎撿起裝束仔細端詳。

「妳怎麼了……？」

「那個……想說會不會有解除條件的提示……」

「相信應該沒有內藏那類機關才對……」

「到頭來，解除條件究竟是什麼呢……？」

「有可能是失去貞潔、體內射精、妳我其中一人達到高潮，或是我們同時高潮……不管怎麼說，皇帝大概很喜歡妳主動懇求他吧。」

「嗚哇……如此說來，這東西還真是惡質的道具耶……」

「不過真是太好了，姑且算是解開一個。假如這麼做還毫無反應的話，我會挺頭疼的。」

「為什麼？」

「因為會令我搞不清楚，到底該把玩法強度提升到何種境界。換言之，幸好最簡單就達成的條件是新手取向。」

「原、原來如此……不過剩下的五個裝束，或許條件會更加嚴苛……」

「大概吧。按照今天的結果來想像，皇帝似乎打算第一次的時候是跟妳單獨享樂，所以條件也就不會過於嚴苛。」

「也只能希望是這樣了……」

「那麼，今後還能繼續嗎？」

我直截了當地詢問。雖說事到如今才問是有點太遲，但我還是想再確認一下。

艾莎再度雙頰泛紅，她羞澀地摸著自己的胸口，抬頭直視我說：

「那、那還用問……！既然都已成功解開一個，就按照這樣的步調繼續！看情況至少還得再做五次！」

「我覺得事情恐怕不會如此順利喔……」

「就、就只是要有這種幹勁啦……！另、另外我再重申一次，即使同意讓你占有我的肉體，但我可沒有答應獻出我的心！剛才我也一點都……」

「妳都嬌喘成那樣了，倘若妳想強調自己沒有很舒服，肯定是睜眼說瞎話。」

「……！」

「況且我剛剛提到高潮時，妳也沒有否認吧。」

「唔……！」

能看見艾莎就連耳根子都發紅了，想來是感到既懊惱又害羞吧。另外包括這種事也想虛張聲勢的艾莎，老實說是挺可愛的。

「總、總之我可沒有把心也給了你……！我們終究只是同志而已！」

「我知道我知道……那麼，下一次要何時進行呢？」

「下一次……!?也、也對，這種事沒道理拖太久……那就訂明天吧，明天！」

「收到。」

「那我回自己的房間去睡覺。相信你也累了，記得要好好休息喔。」

「建議妳睡前先去洗澡，因為射在體內的那個不會被身體吸收。假如妳直接倒頭就睡，那些東西會在妳睡覺時流出來，把內褲跟床單都弄髒喔。」

「是、是這樣嗎……!?呃、你也不必挑這種時候說嘛！」

「那妳是想要我何時說啊……！」

「唉唷……！不理你了啦……！」

艾莎用力地把門甩上。

但沒想到她又立刻將門推開，就這麼躲在門後不露臉，輕聲細語說：

「……謝謝你願意那麼溫柔地抱我……並且救了其他精靈。」

「…………」

「明天起……也請你多多指教，晚安……」

接著艾莎靜靜地把門闔上……房間就此恢復寧靜。

「『明天起也請我多多指教』……這句話是什麼意思？」

她指的是戰爭？還是關於做愛……？

即便得不出答案，但我認為不管是哪個都無所謂。

等到明天也可以繼續跟艾莎上床。

很可能後天或大後天也會一直如此。

以如此嚴峻的戰況來說，這是十分不妥的情感……但我還是感到非常開心。

我躺在仍留有艾莎的體香和體液的床鋪上，對明日起的生活充滿期待。

# 第二章

# 解放奴隸與口交與開腿騎乘位

## 1　晨間訓練

「喝……！喝……！」

艾莎提劍擺出架勢與我對峙。

此刻的她香汗淋漓，胸部隨著呼吸上下起伏。

現在是早上六點。在算得上是早晨的這個時間點，太陽已從東方升起，將天空照得一片明亮。氣溫涼爽宜人，可說是相當舒適的一段時光。

「呼……喝啊啊！」

艾莎向前跨出一個箭步，欲從中段對我揮劍攻擊。

「……太嫩了！」

鏘————！我把劍當成盾，精準地擋下艾莎的斬擊。

「……！」

艾莎露出懊惱的表情。比起被我擋下攻擊，恐怕是深刻體認到自己尚未恢復最佳狀態。

過去與我交戰的艾莎，她的實力的確不只這點程度。每當我的軍團一有破綻，她就會率領精靈騎士們發動突擊，直搗我所在的大本營附近，而且這情況不光發生過一、兩次而已。

……我跟艾莎目前位於森林環繞的哈爾施塔特城的庭院裡。

我本打算今早稍微過得輕鬆點，不過三十分鐘前卻被艾莎叫醒，要我陪她做劍術訓練。

原因是她想盡早確認看看，解開一個「詛咒裝束」會產生怎樣的效果。

真虧艾莎做完那檔事的隔天就這麼有精神……但我也能理解她的心情，因此二話不說就陪著她練習。

「還沒完呢……！」

「很好，放馬過來……！」

鏘————！鏘————！

湖畔庭院內奏起由劍與劍交織而成的戰鬥樂曲，伴隨著鳥鳴聲響徹雲霄……

## 2　副將佩因

「喝！喝！」

一小時後——

我跟艾莎都把劍收入鞘內，宣布訓練到此結束。我很快地就調整好氣息，但艾莎依然呼吸紊亂。她似乎相當疲憊，站在原地不停喘氣。

我拿著喝乾的水壺走向附近的水井，將水壺裝滿水後，走回來把水壺交給艾莎。

艾莎默默地接下水壺，毫不猶豫地開始大口喝水。

她單手扠腰擺出暢飲時的標準姿勢，數秒便把水一飲而盡，並且「噗哈～」地呼出一口氣。

「謝謝你的水，真是幫了大忙……」

「嗯。」

「果然只解開一個完全不行，我就連原本一半的力量都使不出來……」

「……這樣啊。」

「再這樣下去，我只會成為大家的拖油瓶……得盡早想辦法解決才行……」

「……………」

「你從剛才起為何一直盯著我看……？」

艾莎一臉狐疑地望向我。

「也沒什麼啦……單純是想說昨晚做過那麼激烈的運動，妳竟一大早就跑來訓練……真羨慕妳這樣的年輕人。」

「笨……！我、我又不是因為年輕才這麼做！純粹是有需要才會拜託你！另外我也並非完全沒有受影響喔！」

「啊～難不成是腰痠？畢竟鮮少會使用到該部位，奉勸妳稍微給人按摩一下比較好。還是說那裡依然有點痛？」

「……！就叫你說話時別那麼粗神經呀……！」

「妳直接拿我的水壺去喝就無所謂嗎？這樣可是間接接吻喔？」

「都、都什麼時候了就別提這種事！反正昨天都做了那麼多……！」

「這樣啊……另外，滿身是汗的妳也很不錯喔。」

「什麼意思？」

「因為妳的衣服吸滿汗水，乳頭整個透出來了。」

「咦……！真的假的……!?」

「假的。」

「……！你這個人真的是……！」

艾莎害羞地遮住胸部。儘管乳頭是沒有透出來，不過吸收汗水的衣服緊貼在胸部上，有種難以言喻的性感，害我忍不住回想起昨晚的事情。

想想自己昨晚就是將臉埋進那裡面……

昨天被我抱得不停嬌喘的艾莎，與今早瀟灑揮劍的她反差極大，令我不禁有些困惑，同時莫名有一股滿足感。

皇帝恐怕就是很喜歡這種感覺，才買了那麼多精靈劍鬥士……

在我如此心想之際，親衛隊長佩因走了過來。

令人意外的是他在威武的鎧甲上綁了一條圍裙。

「早安，主帥！您今天也從一早就這麼有精神呢！」

「早啊，佩因，那條圍裙還是一樣這麼適合你。」

「能得到您的稱讚是屬下的光榮……哎呀，艾莎大姊也早安啊。」

「早、早安……你身上的圍裙是怎麼了？」

「這是我自己縫的，其實我的興趣是做菜。」

「是、是這樣嗎……!?」

艾莎神情詫異地詢問。大概是她萬萬沒想到像佩因這樣的肌肉猛男會說出這種話吧。

「佩因的老家在隆迪尼翁經營一間相當知名的高級餐廳，他是家中的長子。之所以會成為我的部下，是因為我的家族從以前就經常光顧那間餐廳。」

「老實說……是我很排斥繼承家業，才拜託主帥動用他的人脈帶我走……」

「可是你喜歡做菜吧？」

「嗯，畢竟從小被老爸操得死去活來……算是一種習慣了。」

「妳們昨天吃的肉排和蔬菜湯，都是出自佩因的食譜喔。」

「咦……！那些非常美味的料理嗎……!?」

「就連配湯的麵包，同樣也是佩因利用城內廚房的土窯烘烤而成。過去我軍與妳的部隊交戰時總能士氣高昂，都是多虧佩因幫士兵們規劃有益健康的餐點喔。」

「這樣啊……還真是人不可貌相呢……」

「哎呀~……這麼讚美我會很不好意思耶~……」

「先不提這個，你這身打扮跑來這裡有什麼事嗎？」

「對喔，差點忘了。主帥，大姊，早飯已經準備好了，請來餐廳用餐吧。」

「明白了，其他精靈的餐點呢？」

「當然也有準備，包含親衛隊在內共計三百人份。」

「真不愧是佩因，可是也害你費了不少力吧？」

「其實我有拜託擅長料理的精靈們來幫忙，就算不會用火，大家也會收集食材跟切菜。」

「果然是非常細心，所以我才捨不得你。食乃軍的根本，即便再強悍的部隊，餓肚子也無法打仗。」

「明白此道理的人也只有主帥您呀。」

「不過三餐都交由你處理也是個問題，到時會耽擱到其他作業。」

「那就雇用當地居民吧。只要薪資優渥，他們不會亂來的。」

「我懂了，此事就交給你去辦。」

「遵命，那請兩位快去餐廳，大家都在等你們喔。」

「知道了。」

佩因見我點頭同意後，迅速朝著城堡跑去。

艾莎看著佩因離去的背影，有感而發說：

「真是有趣的人，莫名給人一種親近感。」

「是嗎？不過奉勸妳別太小看他，他在戰場上大殺四方的表現形同鬼神，死在他手上的敵人已有上千名了。」

「這部分倒是挺符合他的外表呢……」

「還有他偏好女色，看他那樣子，昨天應當有聽從我的提議，好好讓鎮上的娼妓們大賺一筆。」

「是、是嗎……？沒想到大家都在做一樣的事情……」

「順帶一提，他已察覺妳我的關係了。」

「咦……!?他、他怎會發現呢……!?」

「佩因那傢伙見到我們的第一句話就是『您今天也從一早就這麼有精神呢！』，不難聽出他的言下之意吧？」

「你說的言下之意是……」

話才說到一半，艾莎的臉頰染上一片緋紅。看來她終於想明白佩因這句話的含意了。

我放鬆表情，以捉弄人的口吻說：

「照此情形看來，這個消息傳遍整個親衛隊是遲早的事情，包含其他精靈在內。」

「唔……我、我無所謂！反正又不是和你成為情侶！等到詛咒解開以後，這種傳聞很快就會消失了！」

「倘若真是這樣就好囉。」

「你這句話是什麼意思……？」

艾莎氣呼呼地反問，卻沒有繼續糾結此事。

「那麼……今天有什麼安排嗎？」

「首先是召集眾人一起開會。由於昨天忙著做好在這裡過夜的準備，因此沒空處理其他事。首先，我想統合人族與精靈族之間的認知。」

「意思是跟大家解釋為了戰勝『帝國』軍，究竟該怎麼做嗎？」

「正是如此。」

艾莎神情僵硬地低下頭去。

因為至今都專注於逃命的關係，一直沒有心思去顧慮其他事，但她們終究是劍奴……是打算與『帝國』作對的叛軍。

倘若戰敗，絕非只是一死了之。不光是艾莎一人，而是其他精靈皆會如此，當然也包括服從我的佩因等人在內。

所以我們無論如何都要戰勝『帝國』軍。

為了讓艾莎放心，我拍拍她的肩膀說：

「其他事情之後再說，現在先好好享用佩因準備的早餐吧。」

## 3 出征

早餐結束後，我將精靈們和親衛隊都召集至城堡的大廳裡開會。

我在臺上要說的內容分成兩大項，就是確認現狀與今後的課題。

集結於哈爾施塔特城的叛軍兵力總計約三百人，分別是兩百五十多名的精靈劍鬥士與五十名追隨我的親衛隊。

此行的最終目的地就是精靈族的故鄉，也是位於北方的『蠻族』領土。

我們目前所在的哈爾師塔特城位於名為薩爾斯堡溪谷這個天然要塞之中，是個易守難攻的地點，不過終有一天得捨棄這裡前往北方。

另一方面，『帝國』肯定有派兵追擊，正朝著這裡進攻，恐怕不出數日就會抵達此處。『帝國』軍每一支軍團的兵力共有五千名，眼下最好設想成是一整支軍團會來攻打這裡。

現在的第一要務，就是我們必須殲滅這支來勢洶洶的『帝國』軍……

雙方的戰力是三百對五千，最糟的情況下有可能會相差更懸殊。

至今默默聽我解說的精靈們，在耳聞這個消息的瞬間，全都顯得十分緊張。單看戰力差距，怎麼想都是毫無勝算。再加上即使這裡四面都是森林，但終究不是精靈們的故鄉，難以活用地形優勢應戰。

在精靈們都十分動搖的時候，唯有艾莎仍默默地聽我分析。

當我粗略分析完現況後，接下來就是接受發問的時間。

率先舉手的人，是個頭比艾莎小上一圈的精靈。

擁有白銀色秀髮的她綁著一條馬尾辮，儘管相貌略顯稚嫩，卻露出堅毅的神情。

她的裝扮比艾莎的布甲更暴露，造型性感到恍如一名舞者……這套衣服大概是她以劍鬥士之姿參戰時被迫穿上的。

這位白銀精靈的態度與服裝恰恰相反，語氣冰冷說：

「我是條頓堡族的精靈，優妮絲·法米利亞。仍在條頓堡族時，我是艾莎大人麾下的斥候，因此對你們都有印象。」

斥候在軍中是擔任總隊的前鋒，職務為偵察與警戒敵方的動向。想來她是活用那嬌小身材與動作靈活的優勢，專門負責這類工作。

我看向艾莎……只見艾莎神情複雜地點了個頭。看來優妮絲說的都是事實。

我慎重地對著優妮絲點頭同意她發問。這位精靈十之八九對我沒有一絲好感。

「好的，今後也請妳多多指教。那麼，優妮絲・法米利亞，妳想問什麼呢？」

「就是讓我們停留在此的理由。既然敵軍緊追在後，為何要在這裡逗留？敵軍目前占盡優勢，我方根本沒有勝算，倒不如別交戰盡快逃往北方。」

「我決定先在這裡整頓態勢，為正式北征一事做好準備，這樣的理由夠充分嗎？」

「完全不夠，就算做好準備，但只要一戰敗就結束了，我不覺得我們留有如此充裕的時間。」

接連有人表示同意，似乎有不少精靈都這麼認為。

雖然我與艾莎曾經敵對過，卻也算是有些交情，所以跟她溝通時挺順利的。

不過按照優妮絲的態度，其他精靈對我的態度就不一樣了，反倒是她的反應才正常，我們人族在她們的眼中完全就是仇敵。

儘管立刻被人擺臭臉，令我不禁想露出苦笑，但我仍保持冷靜點頭說：

「妳說得很對，不過我想反問妳，假如立即出發上路，妳打算如何前往北方呢？」

「那個……利用國道前往……」

『帝國』為了發展經濟，有致力於基礎建設，橫貫『帝國』境內的國道就是其中之一。

我點頭的同時提出反駁。

「我們反叛的消息已傳遍『帝國』境內，恐怕他們已派人監視國道，各都市的『帝國』軍團也正在做出征準備，如果被他們逮到就完蛋了，此方法太不切實際。」

「那就行經山岳或森林……」

「這不失為是個方法，可是行經這類地點都會拖垮移動速度，與直接走國道被敵人逮住的可能性是毫無分別。」

「我們是精靈，很習慣在山中和森林裡行動。」

「問題是妳們不熟悉當地的環境，沒有我們的幫忙將難以通行。至於我們人族並不擅長行走在那樣的地形中。」

「那你為何不搶在一開始就往北走!?若是趁敵方陷入混亂時趕路，也就不會陷入這樣的窘境……」

「一派胡言，假如直接趕路的話，勢必會因為過度勞累而導致成員接連脫隊。無論是人或馬，長時間的移動都會感到疲倦跟飢餓，所以必須在這裡重整態勢。」

「那我們該怎麼做……!?難道就在這裡坐以待斃嗎……!?現在究竟該如何是好……!?」

優妮絲的最後一句話是針對艾莎。

她求助似地看向艾莎。

艾莎像是有些迷惘地暫時保持沉默後，終於開口說：

「……妳先冷靜點，優妮絲。」

「艾莎大人……!?」

「要不是跟卡特一同逃走的話，我們就連短暫的自由都沒有。單是這點就必須對卡特與其同伴們表示感謝，並且給予相對的尊重。我相信……卡特有在僅存的選項裡盡力而為。」

「可是……！」

「沒錯，可是再這樣下去，我們將沒有未來可言，而這也是不爭的事實，因此我想問問你，卡特。」

「…………」

「你已經想好對策了嗎？還是說……完全沒有呢？」

艾莎一臉認真……並參雜著些許焦慮的情緒向我提問。

那雙鈷藍色的眼眸還夾雜著以下這段弦外之音。

——要是沒有對策的話，我就非得跟你好好加油不可，一如字面所言是以身體為代價。

……她果真是個好女人，儘管仍有幼稚的一面，但在緊要關頭時展現出來的堅定態度倒是有模有樣。

我正面承受艾莎的視線，微微地揚起嘴角。

「……這麼看扁我也挺令人頭疼的，我自然是不會毫無對策就逃來這種地方。」

「那麼……？」

「佩因，準備出征。」

「遵命，主帥！全體親衛隊準備出征！裝備都備妥了嗎!?」

隨著整齊劃一的回應，親衛隊全體將士手持武器，一起從座位上站起來。一群強壯的男性們光是做出以上動作，就能令人耳目一新。

面對這突如其來的情況，精靈們都難掩心中困惑，優妮絲和艾莎也不例外。

「等……這是什麼意思!?」

「我們目前最需要的就是軍威，只要軍威浩大就能嚇退敵軍，倘若順利還可以避免無謂的戰鬥。」

我豎起食指繼續解釋。

「『帝國』各軍團是由各都市的執政官負責指揮。只要我們擁有充分的戰力，並且讓對方產生『己軍與敵方交戰會落敗』的想法，就沒有人敢與我們為敵。原因是軍團的損失會連帶影響政治生涯。到時我們就可以光明正大地揮軍向北，把妳們送回故鄉。」

「理論上是沒錯，但為此需要打勝仗……況且正因為此事難以實現，我們才會在這裡議論……」

「阻礙我們取勝的最大因素是戰力不足，三百人對五千人根本毫無勝算。假如變成一千五百人對五千人如何呢？大家是否就覺得有勝算了？」

「是沒錯啦……不過這樣的戰力要從何而來……？」

「當然有啊，而且這國家裡有一大堆。」

「啥？你在胡說些……」

艾莎隨即換上一個吃驚的表情。優妮絲似乎也察覺出同一件事，彷彿不曾有過方才那種激動的態度般徹底傻住了。

「難不成……」

## 4　因斯布魯克之戰

因斯布魯克是位於薩爾斯堡溪谷入口處的人城市，人口約莫五萬。此處是溪谷內多條國道的要衝，因此繁榮得不像是山間小鎮。

黃昏時分，夕陽西下，天空逐漸被夜幕籠罩，因斯布魯克的路燈接連點燃。

當太陽徹底落下不久後，因斯布魯克出現變化。

市區內突然多處發生火災，起火處都是軍舍與瞭望臺。

與此同時，藏身於附近森林裡的人們策馬衝進因斯布魯克市區，總數大約六十名，精靈族與人族各占一半。

市區瞬間陷入大亂，雖然守軍立刻應戰，卻被四處竄逃的市民跟火災的濃煙打亂陣腳，在完全無法抵抗的情況下遭敵兵殺害。

緊接著又有其他地方失火，分別是販賣奴隸的奴隸市場，以及劍鬥士們上場戰鬥的競技場。奴隸們……尤其是精靈劍鬥士們紛紛奪走奴隸商人和守衛們的武器，將這群人通通殺死。

成功鎮壓奴隸市場跟競技場的奴隸們，隨著來自城外的入侵者們逃出生天……

「沒想到作戰會這麼順利……」

艾莎難以置信地低語著，守在她身旁的精靈們也默默看著眼前的光景，生硬地嚥下口水。

此刻我們位在因斯布魯克附近草原的一座小山丘上，恰好能將因斯布魯克市區一覽無遺。

因斯布魯克的情形一片混亂，市區內竄出無數火舌，市民恐慌地四處逃竄。

不過戰鬥已宣告結束。從城外入侵的部隊……佩因等人眼明手快地與奴隸們會合，並且順利逃出市區。守城的士兵們光是滅火就已疲於奔命，自然無暇派兵追擊。

艾莎注視著眼前的景象，心不在焉地喃喃自語。

「襲擊『帝國』本土的奴隸市場和競技場，將解放的奴隸納入叛軍……卡特你打從一開始就決定這麼做吧。」

「沒錯，唯獨這個方法才能夠與『帝國』分庭抗衡。」

解放各都市的奴隸來提升戰力……這並不是什麼罕見的計策。

在至今的奴隸叛亂裡，叛軍無一不採取這個方法。

帝國境內到處都是奴隸，每一座大城市裡更是都有關押多名劍鬥士的競技場。

只要依此方式解放這群人，自然可以吸收同伴，叛軍的勢力也會隨之壯大。

不過如此有組織性的行動……綜觀古今幾乎是前所未見。

在過去的奴隸叛亂裡，奴隸們組成叛軍之後，都純粹是順手解放所經之處的奴隸，完全沒有統合跟作戰計畫。

當叛軍壯大至難以指揮的規模時，行動速度便會被拖垮……就此讓『帝國』軍有機可乘，最終被敵方團團包圍而戰敗。

而我當然是不會在此次的叛亂中重蹈覆轍。

今日這場以解放奴隸為目標的襲擊，會在取勝並吸收足夠的同伴後見好就收。

我軍只需「軍威」和能夠做為保證的戰力。在與『帝國』的這場抗戰裡，當世人明白我率領的叛軍所向無敵，也就不會有人想上門挑戰，我軍即可離開哈爾施塔特迅速北進。如此一來也就不必擔心遭受敵軍圍攻，或是過度增加同伴而難以行動。

艾莎先是注視我一段時間，然後像是安心似地呼出一口氣，繼續接著說：

「……不愧是卡特，居然考慮得如此深遠……這我肯定辦不到。」

「我說過自己這位『帝國』將軍可不是白當的吧？」

「儘管很不甘心，但我不曾對於你的軍事才能抱持過任何質疑。」

「愛上我了嗎？」

「笨……！怎、怎麼可能會有那種事嘛！你我終究只是暫時合作的同志！別讓我說那麼多遍！」

「不過也有光憑我一人無法辦到的事情。」

「咦……？」

艾莎一臉不可思議地望著我。

山丘下有十名左右的騎兵正策馬接近。他們是襲擊因斯布魯克的叛軍先鋒，由佩因領頭，數名劍鬥士緊跟在後。優妮絲也身列其中。另外還多出好幾位沒見過的精靈，難道是剛解放的奴隸們？

佩因等人下馬後，帶著解放的精靈奴隸們走向我。

佩因顯得相當高興，不過他身旁的精靈儘管擁有優雅的外表，看起來卻臉色蒼白且身材纖瘦，並害怕地縮起身子，實在不像是劍鬥士……

「主帥，請恕屬下來遲！屬下依照命令成功解放因斯布魯克的劍鬥士們，人數一如事前報告有四百人左右！並且順利救下所有人，此次作戰非常成功！」

劍鬥士們在佩因等人發動突擊之際及時響應，自然是因為我們有事前告知這場襲擊。

由於我早已制定好類似此次的襲擊，在離開隆迪尼翁當天，我就派遣一部分的親衛隊前往各都市，與該處的劍鬥士們建立聯絡網。

我滿意地點點頭說：

「做得很好。那麼，這位可愛的小姐是？」

「她是因斯布魯克的精靈奴隸們的領袖，記得是畢勒費爾德的公主，名字叫做……菲雅兒對吧？」

「是、是的……」

菲雅兒在被佩因喊出名字後，一臉驚恐地點頭回應，然後看向我說：

「我、我已從佩因大人的口中得知您的尊名，杜里馮大人，此、此次非常感謝您出手相救……為了報答您的大恩大德，我們……」

菲雅兒的嗓音不斷發顫……我無法確定她是因為到現在還非常緊張，或是不清楚該相信我們到何種程度。不過至今的奴隸叛亂皆以失敗告終，所以我完全能理解她心中的不安。

我扭頭將目光移向艾莎，發現她略顯詫異地看著宛如驚弓之鳥的菲雅兒，接著她與我對視後，隨即明白自己該扮演的角色，便語氣溫柔地對菲雅兒說：

「……妳不必如此卑躬屈膝。放心，這些人不會對妳們亂來，甚至還想把各位送回故鄉，為的是大家都可以逃出生天。」

「您、您是……？」

「我是條頓堡族的公主艾莎・條頓堡・艾爾菲納。說起畢勒菲爾德族，記得是住在賴內溪谷森林裡的精靈對吧？我聽說過你們。」

「艾莎大人……!?我當然聽過您的大名！記得您是條頓堡族的公主，更是一名身經百戰且連續戰勝人族的精靈騎士……！難道您也成了奴隸才在這裡嗎……!?」

「是、是的……」

艾莎不由得一臉尷尬，我見狀後露出苦笑。

連續戰勝人族……艾莎在與我交手前的確是如此，因此菲雅兒說的也沒錯……

艾莎重振精神後便說：

「我一度淪為劍奴在競技場參賽，多虧卡特才重拾自由，現在是叛軍內的精靈領袖，我能保障妳們今後的人身安全，並且絕對會將妳們平安送回賴內溪谷。如何？這樣總該能放心了吧？」

「是、是的……！我們就是聽說艾莎大人您也在這裡，才會安心地跟著過來。杜里馮大人，今後請您多多指教……！」

「嗯，也同樣請妳多多指教。」

我鬆了一口氣地與菲雅兒握手。

……其實我已從負責交涉的同伴口中得知，因斯布魯克的精靈領袖並沒有完全相信我們就同意這次的作戰。

為了消除對方的疑慮，我便讓艾莎站在身旁……看來計畫相當成功。

我望向佩因點了點頭……他彷彿想表示這只是小菜一碟似地得意一笑，露出潔白的牙齒。

菲雅兒之所以稱我為杜里馮而非卡特，大概是佩因在事前提醒過她。

或許是菲雅兒終於冷靜下來，視野隨之變得開闊的關係，她表情柔和地轉身對佩因深深一鞠躬。

「佩因大人……方才多虧您在危急之際出手相救，真的非常感謝您。要不是佩因大人您及時出現，我恐怕已蒙主寵召了……」

「咦……!?啊、那個～我只做好自己應盡的職責罷了……」

「發生了什麼事？佩因。」

「也沒什麼大不了的，主帥。就只是在解放作戰期間，有士兵正在襲擊按照指示脫逃的菲雅兒大小姐……當他準備揮劍之際被我給一刀劈死罷了，實在沒啥好感謝的……」

「請別這麼說，我並不這麼認為，我相信這就是所謂的命運。」

菲雅兒慢條斯理地搖搖頭，讓人能從她身上感受到不同於艾莎的優雅氣質。

「佩因大人，杜里馮大人，今後也請二位多多指教，拜託請將我們送回故鄉。若有任何需要幫忙的地方，我們都會盡力配合……」

「這是我們應該的。對吧？佩因。」

「這還真令人害臊耶……」

佩因不好意思地搔了搔自己的臉頰。面對佩因這個意料外的反應，艾莎和優妮絲都顯得有些吃驚。

說起個性堅毅好色的佩因，其實對於菲雅兒這種楚楚可憐的少女特別沒轍，此事在親衛隊裡是眾所周知。每次面對這類女性時，人高馬大的他往往會害羞得無地自容。

眼看現場氣氛一片祥和，我便對菲雅兒說：

「等到與主力部隊會合後就離開這裡，畢竟繼續待在此處也沒有意義……話說有件事方便請教一下嗎？菲雅兒。」

「請、請說……」

「為何妳會成為劍鬥士呢？關於被人族抓來的奴隸……相信妳也非常清楚，如妳這般瘦弱的女子，恐怕很難以劍鬥士的身分參加比賽吧……？」

「嗯……我也同樣這麼認為，不過因斯布魯克市長有著『我就愛看瘦小女性手持大劍的樣子！』的特殊癖好……事實上再過幾日，他將會打造一把就連瘦弱的我也拿得動，做過特殊加工的大劍給我，因此我十分慶幸能避免與同胞們自相殘殺……」

「…………」

我和艾莎神情尷尬地面面相覷。

菲雅兒似乎沒注意到我們的反應，納悶地偏著頭說：

「沒想到人族有著如此多變的癖好呢……」

## 5　口交與騎乘位

「打、打擾了……」

當晚，艾莎來到我的房間……身上穿著昨天那套布甲。

「……妳還是老樣子耶。」

「這有什麼辦法！就跟你說了我只有這套衣服呀！」

艾莎反射性地發出嬌斥，而我也漸漸習慣她那易怒的性情。

「……說實話，我也想要其他能更換的衣裳。」

「需要我去買來嗎？」

「沒關係，畢竟我得維持身為精靈領袖應有的格調。」

艾莎冷冷拒絕這項提議，不過語氣聽似感到有些遺憾。到時候……再幫她準備幾套新衣服吧。

艾莎跟昨天一樣像是將身體靠著我，輕輕地坐在床邊。大概是已然習慣的緣故，她不像昨天那般緊張。

艾莎落寞地呼出一口氣，緊接著繼續說：

「今天……讓我再次體認到不愧是卡特。開會時不僅幫我們統整現狀，更是讓大家認清眼前的難題，然後提出合乎現實的解決方案，並安排人手付諸實行……這可不是任何人都能夠辦到的。」

「怎麼？原來妳看得出來呀？」

「我一直很好奇戰場上的你為何會如此強悍，不過按照你的指揮方式，確實佩因等部下們都可以毫不猶豫地執行命令。」

「多虧他們，我才得以那麼輕鬆。話說今天也得到妳的幫忙，當真是感激不盡。」

「是指最後我與菲雅兒的對話嗎？那點小事……」

「不光如此，包括開會時妳幫忙安撫優妮絲的那番話。倘若我沒有任何對策，妳將不擇手段設法找出『詛咒裝束』的解除條件……其實妳已抱持上述的覺悟才那樣問我吧？」

「那、那是因為……！我確實是這麼打算，但終究只是以防萬一，我並不是自願那麼做的……！」

「我明白，所以才想稱讚妳的這份覺悟。就像我也不想是只為了活下去，才不得不去占有妳的肉體。」

「你、你是怎麼了……？態度竟然和先前截然不同……難道昨天抱過我之後就被感化了……？」

「我不否認，大概是妳我的身體十分契合，事實上我做得非常舒服。」

「你、你怎麼冷不防說這種話……!?明明都準備要開始了……！」

艾莎紅著臉把頭撇開，讓人感受到與其年紀相符的可愛一面。

我稍微多看一眼這樣的艾莎後，以打探的口吻說：

「……那我再確認一次，妳現在決定怎麼做？畢竟今天發生許多事，如果妳累了也能改成明天。就算戰況依舊十分嚴峻，也沒必要操之過急……」

「……沒關係，今天也繼續吧，我想貫徹初衷。即便你的計策再順利，召集到足以與敵人抗衡的戰力，但終究免不了有人犧牲吧？只要我取回力量，就可以減少失去的生命。」

「這是很正確的判斷，妳能這麼想是最好的。」

「謝謝，可是我依然有些不安……」

「不安？」

「那個……我對於羞羞事只具備基本常識……因此不太清楚今天要做些什麼……」

「意思是妳無法想像出具體的解除條件嗎？」

「差、差不多就是這樣……所以如同我昨天說的，希望卡特你能夠溫柔地負責主導……」

艾莎將雙手的食指抵在一起，羞澀地低語著。

……依照基本的性知識，昨天那種做愛方式應當已達到想像力的極限。畢竟我也告誡自己必須遵循主流。

不過想達成剩下的五個解除條件，就非得採取其他玩法不可。

「我明白了，那就……」

「要、要我舔這個……!?你是認真的嗎……!?」

面對仰躺在床上呈現半勃起狀態的我，艾莎嗓音顫抖地確認。

對於只有從他人口中獲得性知識的艾莎而言，用嘴巴舔陰莖……也就是所謂的口交，似乎徹底超出她的想像。

話雖如此，像這樣猶豫不決只會讓事情無法進展下去。

「沒錯，妳先舔舔看。到時只要我覺得舒服，就會真的完全勃起。妳也可以在舔之前先摩擦它看看。」

「讓別人摩擦或舔它會覺得舒服嗎？你確定……？」

「這種情況下我哪可能會撒謊啊……總之這是我們必須嘗試的玩法之一。對男性來說，讓女性用嘴巴來服務自己會得到快感，我相信皇帝很可能也想跟妳做這種性行為。」

「聽你這麼一說，我自然是沒理由抗拒……嗯，聞起來沒什麼怪味，也不是無法照辦啦……」

「那是因為我剛剛洗澡時有仔細把下面洗乾淨，換作是平常都會有很濃的氣味。」

「啊，果然是這樣……」

「像妳今天過來之前也有先洗澡吧？理由跟妳是一樣的。」

「……！這、這種事你也看得出來……!?」

「畢竟昨天也做過啊……」

「我、我明白了，那我會好好加油的……你就負責下指示。」

語畢，艾莎怯生生地將右手伸向我的陰莖，準備用她那纖細的手指觸碰龜頭。

平日裡如此英勇的精靈公主騎士，現在像個天真的孩子即將撫摸我的陰莖……

一想到上述反差，以及接下來將指導純真的艾莎做出各種淫穢的行為，我不禁感到性慾高漲。

「哇！它動了！」

「它當然會動啊。」

「有點變大了！明明我又還沒摸！」

「那是因為可愛的艾莎準備來撫慰我的〇趴。」

「你在說什麼嘛……」

艾莎顯得有些不滿，卻還是用右手握住我的肉棒，溫柔地撫摸著。不久後她就習慣這樣的行為，於是大膽地上下摩擦。

大概是我起先就對艾莎產生遐想，我的陰莖很快就硬起來。由於我的國家基於宗教儀式，男性從小就要割包皮，因此外露的紅黑色龜頭就這麼展現在艾莎的眼前。

「真、真的變大了耶……好壯觀喔……」

「昨天就是這東西進到妳的體內喔。」

「這、這種事我知道啦！不過它既然變大的話，表示你有感到舒服嗎……？」

「嗯。」

「這、這樣呀……你有舒服啊……」

艾莎以莫名開心的嗓音低語著。可能是有帶給她成就感吧。

「那我舔囉……」

艾莎用右手握住陰莖，將嘴巴慢慢靠近，然後像在品嘗霜淇淋般伸出舌頭開始舔肉棒的前端。

舔，舔，舔……

房間內只剩下艾莎用舌頭舔龜頭周圍的聲音。

「嗯……呼……像、像這樣嗎……？」

「嗯……不過也可以舔其他地方……比方說陰莖頸……」

「陰莖頸……？」

「這個位置。」

「嗯……」

艾莎依照我的指示，將臉更靠近肉棒去舔陰莖頸。她靈活運用舌頭，從各種角度仔細舔著我指定的部位。或許是更加熟練的關係，她開始用右手上下磨蹭肉棒，並以左手撫摸陰囊。

該怎麼說呢？艾莎學得比我想像中更快……

再這樣下去，我很快就會繳械了……

當我如此心想之際，艾莎開始在舔法上增加變化。

比方說連續親吻龜頭、親吻後直接吸吮該處、舔尿道口……或是讓龜頭沾滿口水。

「……！……！」

「嗯……你、你怎麼了……？」

「那個……該怎麼說呢？因為比我想像中舒服，我正在設法撐住。」

「撐住？」

「妳不必在意。比起這個，妳倒是挺努力嘛……」

「唔、嗯……想說嘗試看看其他方式。」

「這樣啊……」

這種積極的態度十分符合艾莎的作風。在摸索解除條件一事上也相當合理。

「妳試著把它含進嘴裡。」

「我知道了……」

艾莎將我的陰莖含進嘴裡後，起先不知該怎麼做地動了動嘴巴，但她很快就想通只需做出類似剛剛的行為即可，於是她上下移動嘴巴，開始真正的口交。

「嗯……親……舔……嗯、嗯嗯……！」

艾莎在稍微嘗試後……隨著時間越來越大膽地移動嘴巴。對她而言與其以口頭解釋，不如實際操作反倒吸收得更快。

含住！吸吮吸吮吸吮！舔舔舔……！

「嗯噗……！呼啊，嗯嗯……啊噗……」

艾莎讓舌頭沾滿唾液，持續活用整張嘴巴服侍我。有時她會故意讓嘴裡積滿唾液，當成潤滑劑讓動作更加流暢，或是用舌頭去壓迫陰莖各處，真的是非常舒服。

有時因為金色長髮落至嘴邊影響動作，艾莎會小心翼翼地將頭髮撥開。這幅光景令我同時感受到身為公主的氣質與淫慾，導致我更加興奮。

沒錯，精靈公主正含著我的肉棒。

而且她不久前還是我的敵人……

這確實會給男人帶來前所未有的充實感……多少能理解皇帝特地給劍鬥士們穿上『詛咒裝束』的心情……

「嗯……噗呼……呼、呼唔……？」

艾莎將整根陰莖含在嘴裡，看著我說出「如、如何……？」這句話。

「嗯，比剛才舒服很多，妳果真很有一套……」

「呼豁呼喝喝哼憨吼，吼厚呼哼嘿呼喝喝好呼……」

她應該是想說「就說你這樣稱讚我，我又不能給你什麼好處……」。此話差矣，但嚴格說來是我會給她東西。

不知是情境使然，或是艾莎的嘴巴與我的分身十分契合，總之這行為帶給我前所未有的快感。

「嗯，嗯，嗯……嗯嗯……啊嗯……！」

繼續口交的艾莎也漸漸開始嬌喘。

「好，艾莎，這次妳用胸部夾住它。」

「嗯……!?噗哈！你、你說胸部嗎……!?」

艾莎為了再次確認，不得不把嘴巴從陰莖上移開。看來這個指令超乎她的想像。

我點頭說：

「沒錯，這叫做乳交，妳用胸部夾住○趴，然後上下磨蹭它。」

「瞧你說得那麼露骨……咦，胸部……？這樣會舒服嗎……？」

「至少我遇上的娼妓們都讓人覺得很舒服。」

「含在嘴裡同時用胸部嗎……還真是難度頗高的方式呢……」

「無論是透過口交、乳交或兩種方式並行達到高潮，上述哪一種都有可能是解除條件，所以才想說都試試看。」

「那、那我要脫衣服嗎……？」

「都可以，反正依妳這套衣服的造型也能穿著直接來。等等，我看妳就別脫吧，這種與日常的反差會讓人更有感覺。」

「你、你這是什麼歪理呀！不、不過我聽你的……要是不舒服的話可別怪我喔……」

艾莎以五分不滿與五分不安的語氣回應後，在沒有脫掉布甲的狀態下，用乳溝夾住我的陰莖，接著以雙手捧住胸部，開始上下移動身體。

「啊、糟糕……！」

才剛開始我就發出呻吟。

原因是這真的太舒服了。除了能感受到體溫，又有酥胸帶來的彈性與柔嫩感……而且全都是最頂級的。外加上隱約能嗅到艾莎的汗味，更是讓人欲罷不能。

「這、這麼做也很舒服嗎……？」

「嗯，就這麼持續下去。」

「唔、嗯……」

艾莎經我這麼一說似乎鼓起勇氣，開始加快磨蹭速度，放膽動著自己的巨乳。即使隔著衣服，也能看見她的乳頭挺起來了。

「呼！呼！呼！呼……！」

艾莎呼吸紊亂地繼續乳交。或許是她也產生快感，能看見她雙頰泛紅。

「好，妳就這樣含進嘴裡……」

「嗯……」

艾莎順勢把陰莖含在嘴裡。應該是漸漸習慣的關係，她從一開始就懂得活用舌頭，並上下動著嘴巴。

「嗯……！唔噗……！唔噗……！嗯呼……！」

艾莎發出溼潤的喘息，繼續用嘴巴和胸部服侍我。

在乳交與口交的雙重快感夾擊之下，能感受到射精的慾望越來越強烈了。

此時我想到一件事，在猶豫數秒後決定和艾莎商量一下。

「艾莎，很抱歉在妳如此努力的時候打個岔……」

「呼、呼齁呼……？（什、什麼事……？）」

「我再過不久就會去了……問題是在這之後。」

「呼……？（咦……？）」

吸吮，吸吮，吸吮……即使與我交談，艾莎也不忘繼續口交，真是個認真負責的女孩呢。

「為了摸索解除詛咒的條件，我們不得不嘗試看看口交時的其中一種……方式……」

「呼齁哈呼……？（什麼方式……？）」

「…………」

「…………」

「妳就暫且全面服從我的指示吧。」

「……呼呼哈呼。（……我知道了。）」

儘管艾莎露出質疑的表情，卻還是接受我的要求（同時不忘繼續口交）。看來她的覺悟是無庸置疑……

似乎因為聽見我的感受，艾莎加快乳交跟口交的動作。

她像是把嘴巴當成陰道般，上下移動頭部來磨蹭陰莖。一段時間後，又改成以胸部去磨蹭陰莖。

「親……！嗯噗……！呼……！嗯嗯……！」

吸吮，吸吮，吸吮，吸吮，吸吮……！

乳交，乳交，乳交，乳交，乳交……！

我的射精慾很快就瀕臨極限。

「唔……艾莎，我要射了……！妳以胸部夾著，並用嘴巴含住……！」

「嗯、嗯嗯嗯嗯——！」

噴射，噴射噴射……！噴射噴射噴射……！

我將慾望發洩在艾莎的嘴裡。

由於強忍至最後一刻，發射的威力自然是不同凡響，滾燙的精液就這麼射進艾莎的喉嚨深處。

「嗯~~……！嗯、嗯嗯……！」

艾莎用胸部夾住陰莖，以嘴巴承受我熾熱的精液。與此同時，我對她下指令說：

「很抱歉妳先別把精液嚥下去或吐出來，而是含在嘴裡把臉從我的陰莖上移開。還有可以的話，記得把殘留在陰莖裡的精液順帶吸出來。」

「嗯~！嗯嗯嗯嗯嗯~~！」

艾莎此刻眼中泛淚，露出難以置信的表情望著我。

不過她似乎也明白我為何會這麼要求，於是乖乖遵從指示照辦。

艾莎在嘴裡含滿溫熱的精液，慢慢把頭往上移開剛射精完變得十分敏感的陰莖。精液與唾液交混而成的些許液體從她的嘴角漏出來，就這麼牽了一條銀色的絲線流至下巴……

「嗯、嗯嗯嗯……！噗呼啊啊啊……卡、卡特……？」

艾莎的嘴脣從我的陽具退開，右手摀著自己的嘴巴如此提問。

「妳漱一漱嘴裡的精液。」

「嗯嗯嗯嗯！（同時露出一個『這、這是什麼情況嘛～……？』的表情）」

即便如此，艾莎依然遵照我的命令，開始在嘴裡攪拌精液。

咕嚕咕嚕咕嚕……

「妳把嘴巴張開來給我看看，要小心別嚥下去喔？」

「嗯……」

艾莎將嘴巴大大張開，能看見裡面滿是我的精液，脣瓣也同樣沾著白濁汁液，給人一種將清純精靈公主徹底凌辱的感覺。

隨之而來的成就感非同小可……同時也令我產生難以言喻的罪惡感……

「好，妳就直接嚥下去吧。可能會有點苦，妳稍微忍著點。」

「嗯嗯嗯！（同時露出一個『唔、果然不出我所料……』的表情）」

艾莎用手摀著嘴巴，慢慢把精液嚥下去。

「嗯噗、嗯唔，嗯唔……全、全都嚥下去了……」

「妳還好吧？會苦嗎？」

「雖說會卡在喉嚨裡難以吞嚥，但沒有想像中的那麼苦……」

「這樣啊。」

這算是精靈的特質嗎？總之她覺得不苦就好……

「話說你剛剛的要求……是因為覺得皇帝很可能會這麼做嗎？」

「嗯，妳也是明白這點才這麼努力完成吧？」

「是、是沒錯啦……！不過男人的慾望真驚人……簡直是超乎我的想像。」

「關於這點，我是完全贊同。」

我點頭同意後，開始觀察艾莎的身體。

可是剩下的『詛咒裝束』都毫無變化。

「沒有反應……難道乳交和口交都沒有包含在條件內……？或是必須做到最後才算數？」

「做到最後……？」

「一如字面所言，這些在羞羞事裡都屬於常見的前戲而已。」

「是、是嗎……？那接下來也麻煩你了……」

艾莎坦率地接受我的提議，可能是她也有料到這情況吧。

「既然如此，今天就換個體位好了。」

「體位……？是指做羞羞事的姿勢嗎？」

「沒錯，昨天的姿勢叫做正常位，除此之外還有幾十種。」

「幾、幾十種……!?」

「今天就來嘗試看看其他姿勢，妳不介意吧？」

「我、我明白了……」

我招了招手叫坐在床上的艾莎過來點，並讓她躺靠在我的懷裡，然後我把嘴巴靠上去，由她主動和我接吻。

「嗯……!嗯，嗯親……嗯嗯！」

起初是宛如母鳥餵食幼鳥那樣輕輕觸碰彼此的嘴脣，接著慢慢演變成舌吻。大概是剛結束口交的關係，艾莎很快就開始主動吸吮我的舌頭。

這段期間……我將雙手從艾莎腋下的袖口伸進衣服裡，直接一掌握住並撫摸她的胸部。

「嗯嗯嗯嗯～！卡、卡特～……」

艾莎嬌羞地發出驚呼聲。

「因為妳這套衣服的造型不僅方便乳交……還很適合從背後將手伸進衣服裡撫摸胸部。」

「不許這樣形容我族的民俗服裝……！啊、呼，你摸得那麼用力會……啊嗯！」

似乎是被用力撫摸的緣故產生快感，艾莎發出淫蕩的叫聲。我順勢用手指夾住乳頭，並用力一捏。

「……！不能捏乳頭……我會有……感覺……！」

「看來妳並不排斥被人這樣粗魯對待。」

「你在胡說……！嗯、呼啊！不要～……！」

艾莎發出春心蕩漾的呻吟聲。我持續以左手愛撫胸部，右手則是慢慢褪去艾莎的內褲。艾莎在察覺我的意圖後，扭腰配合我的動作。

脫下艾莎的內褲後，我發現內褲中央已徹底溼透，她下半身的神祕峽谷也早已充滿愛液。

「……這麼快就溼了。」

「……！我、我也是沒辦法呀……！畢竟都被你那樣對待了……！」

「可是妳昨天才親身感受所謂的男人……幸好妳還沒有成為皇帝的玩物。」

「你這是哪門子的讚美……！嗯呼……！」

我將右手滑進她的大腿根部，把指頭伸入陰部，撫摸著該處的嫩肉，左手則繼續愛撫胸部。

「胸部跟那邊同時……!?這樣的話……啊嗯！呼啊～～！」

艾莎比之前更使勁扭動身軀，讓人感受到她那柔嫩的臀部與大腿，有時更是用女人獨有的密穴摩擦我的陰莖，如此舒服的感覺令我立刻重拾雄風。

像這樣玩弄艾莎一段時間後，我抱起艾莎，讓她轉身面向我。

「卡、卡特……?你想做什麼……?」

「這是對面坐位，想說從這個姿勢開始，那我插進去囉？」

「唔、嗯……」

隨著噗滋一聲，我的陰莖插了進去。因為艾莎的陰道已非常溼潤，再加上是第二次性交，我的分身很流暢地就滑入其中。

「嗯、呼……」

「我動囉。」

「唔、嗯……啊！啊！呼啊！」

我雙腿用力，開始上下扭動腰部。

艾莎被我從正下方貫穿陰部，並且配合我的動作抖動全身。還包覆於衣服裡的乳房不斷上下搖晃，那頭金髮也隨著動作逐漸凌亂。

「呼啊！啊！這樣，好舒服……啊、呼嗯！」

艾莎也渴望得到歡愉，扭著腰迎合我的動作。

「妳的弱點……是這裡吧。」

「嗯嗯嗯！那邊……不行啦～～！」

我調整陽具的角度，用像是從正下方往內挖的方式磨蹭艾莎陰道的後側。

艾莎發出宛如尖叫般的呻吟，而且每動一次就會用力縮緊陰道，看來她是真的很舒服。

我讓艾莎繼續坐在我的腰上，抱著她移動至床鋪的正中央，自己順勢躺下後便繼續抽插運動。

「啊、呼啊！卡、卡特!?這個是～……!?」

「是騎乘位，一如字面像是在騎馬對吧？」

「騎、騎馬……!?真、真的耶……!!」

「我接下來會有如一匹馬那樣上下跳動。」

「嗯啊啊啊啊！這樣太……激烈了……！」

我激烈地上下擺腰，從下方進攻艾莎。每動一次，龜頭就會頂到她體內深處某個硬硬的部位，她就會像是觸電般渾身顫抖。

噗滋！摩擦！噗滋！摩擦……旋轉！

「咿！你那樣……畫圓轉動……啊嗚！這次又改成前後……!?」

我每隔幾秒就會改變陽具插進艾莎體內的方向，呈現半裸的她在我身上披頭散髮地不斷掙扎。

我因為艾莎的反應就此解放心中的獸慾。

於是我迅速解開她胸口的釦子，一把抓住她的乳房開始搓揉。

「胸、胸部……!?你從……下面來……怎麼會～……!?」

我不發一語地持續抽插，同時蹂躪那對巨乳。

「啊、嗚！好、好舒服……！啊！啊！啊啊啊啊！」

艾莎似乎覺得被人搓揉胸部很舒服，還將雙手交疊於我的手背上，要求我繼續摸。這模樣真是淫蕩。

「呼！呼！卡特……卡特～……！」

艾莎以苦悶的嗓音呼喚我的名字，同時配合我的動作扭腰擺臀。

她那豐滿的胸部在我正上方柔嫩地晃動著，項圈的鎖鍊也隨之鏘鋃作響，並噴濺出閃閃發亮的汗水。

這幅光景真是既糜爛又養眼。

一想到皇帝沒能看見此景就讓艾莎逃走，我不禁對他心生同情。

大概是已經看慣艾莎的裸體，我比昨天更能將精神集中在自己的陰莖上，藉此好好享受艾莎的肉體。

艾莎的體內跟昨天一樣……不對，多虧她開始習慣做愛，比起前一次是更加舒服。

她的陰道既溼潤又溫暖，肉壁超乎想像地緊緊包覆住肉棒……這感覺舒服到令我全身酥麻，甚至很希望能這樣一直插在她的體內。

起先我打算順勢射精……卻隨即打消念頭，在想起這場做愛有著必須完成的目標後，我決定再試一招。

「艾莎，妳把兩腿抬起來。」

「兩、兩腿嗎？」

「妳張開雙腿調整成M字型，這叫做M字開腿。」

「改、改成這種姿勢嗎!?不、不過那麼做的話……」

「沒錯，我能把我們結合的部位看得一清二楚。」

「這、這樣太羞人了啦……！」

「那我換個方式形容，就是我會把妳那被我的〇趴插得不停發出聲音的〇穴看得一清二楚。」

「你、你別改口說得更露骨啦!!」

「我覺得『皇帝』應該會想這麼做，但既然妳那麼排斥就留待下次……」

「好、好啦好啦，我知道了嘛……！」

艾莎抬起雙腿並左右張開。

眼前的M字開腿美得彷彿一幅畫。她那很符合騎士風範，既修長且有著適度肌肉的美腿，以及與我結合的陰部就這麼展現在眼前。

艾莎的兩腿中間因為愛液與汗水而溼溼黏黏，外加上衣服只脫了一半，這樣的反差更是給人一種淫蕩的感覺。

被我肉棒貫穿的陰部正源源不絕地滲出愛液，在燈光的照映下是閃閃發亮。

「這、這太令人害羞了啦……！」

艾莎用雙手摀著嘴巴如此低語。明明她都在我身上擺出M字開腿的姿勢，這句臺詞聽起來一點說服力都沒有……不過我並非無法理解她的感受。

「以、以這個姿勢做嗎……？」

「會讓妳不舒服嗎？」

「這、這倒是不會……不過我是第一次，擔心會做不好……」

「這部分就交給我吧。」

「咦、等……！哪有人突然這樣、咿！呼嗯嗯嗯！」

我冷不防地開始擺腰，遭受偷襲的艾莎忍不住發出呻吟。

我順勢激烈進攻，為了直指艾莎體內的更深處，我利用床墊的彈力擺動身體。

我們每跳一次，床鋪就彷彿快被震垮般嘰嘎作響，並夾雜著肉體的碰撞聲，以及肉棒沾滿愛液所產生的抽插聲。

啪啪啪啪啪啪！

噗滋！噗滋！噗滋！噗滋噗滋噗滋噗滋！

「太激烈了……！不過……好舒服！啊！啊！啊啊……！」

艾莎的反應比昨天更加淫亂，看來是真心感到非常舒服。

於是我順勢對她詢問一件我暗中在意許久的事情。

「那個，艾莎。」

「什、什麼事～……？」

「我可以摸妳的耳朵嗎？」

「耳、耳朵……!?」

精靈的耳朵與人族不同，形狀又尖又長，根據熟識的娼妓所述，該處是精靈的性感帶之一。由於該部位相當敏感，因此精靈不喜歡讓人亂摸。

即便我們已有肉體關係，我也不好意思在沒有當事人同意的情況下亂摸該處，才決定像這樣去徵求對方的許可。

不出所料，艾莎猶豫地將視線移開。

「那、那個……因為耳朵對精靈來說……」

「是性感帶吧？但我就只是想讓艾莎妳感到更舒服。畢竟我們都已經在上床了。」

「卡、卡特……」

「妳不願意嗎？那我就不勉強囉。」

「沒、沒那回事……我願意。摸吧……拜託你……盡情撫摸我的耳朵……！」

可能是體內的慾火已被徹底點燃，維持M字開腿騎乘位姿勢的艾莎，主動把臉湊向我。

我將手伸向艾莎的兩隻耳朵，像是搓揉胸部那樣撫摸整體，有時會輕捏前端。

沒多久便產生效果。

「咿啊啊啊！被人撫摸跟捏耳朵，總覺得全身酥麻，真是太舒服了……！」

狀似快感直衝腦門般，艾莎用力甩著頭，金色的雙馬尾隨動作不停晃動。

於是我更進一步進攻耳朵，比剛剛更用力地揉捏耳廓，愛撫耳垂，甚至將食指伸進耳朵內。

「啊嗚！啊——！啊——！呀啊啊啊……」

大概是過於舒服的緣故，艾莎仰頭發出放蕩的嬌喘聲，口水還從嘴角流下來，沿著下巴滴落於胸部上。

這淫蕩的模樣令我獸性大發，更加激烈地使勁擺腰。

「啊嗚嗚嗚！好舒服！太棒了！卡特～～……」

艾莎彷彿尋求著我，將雙手伸向我那正在搓揉她耳朵的兩手。我反射性地回握住她的手，就這麼十指緊扣地用力擺腰。

啪！啪！啪啪啪！

緊握著彼此的手迎向高潮……給人產生一種欲罷不能的感覺。

此時，艾莎的陰道猛然一縮，我受到刺激後，忍耐也達到極限。

「呼！啊！咿嗯！卡特，我、我已經……！要、要去了！去了！啊啊啊啊！」

「我也是……今天也可以……射在裡面嗎……？」

「事到如今……何必再問嘛……！你放心，就這樣射在……我裡面……！」

「喔、喔喔喔喔！」

「好、好深！那邊……好舒服！就是那邊！啊啊！啊啊啊啊啊！」

「我射囉！」

「我、我也一樣！不、不行了——————！」

我彷彿使出最後一擊地挺腰插入，在艾莎體內的最深處釋放精液。儘管是今晚第二次射精，猛烈程度卻遠在第一次之上。

噴！噴噴噴……！

「啊、正不斷噴進來……！好、好燙～～……！」

艾莎的身體不停顫抖……尤其以胸部最為劇烈，同時她也嗓音沙啞地發出呻吟。

她那淫蕩的叫聲與模樣令我更加興奮，迫使射精持續更久。

噴噴噴……！噴……！

噴……噴……！

「呼，呼～……呼～……結、結束了……？」

「是、是啊……妳可以把腰抬起來了……」

「唔、嗯……」

艾莎聽從我的指示，維持M字開腿的姿勢抬起腰來。

腰稍微抬起後，到現在仍挺拔而立的陰莖順勢翹了出來，並隨即從陰道口湧出大量的白濁精液。

「喔～……這次也同樣射好多耶……」

「你、你少說得事不關己啦……！」

艾莎將目光瞥向一旁如此說著，她似乎不好意思和我對視。

「話說你不會射太多嗎……？明明不久前才剛射過吧……」

「這就證明艾莎妳的裡面很舒服喔，妳可以為此感到自豪。」

「……！」

艾莎的臉頰染上一片緋紅，既然她沒有為此抱怨，表示她並不排斥聽人這麼說。

「可以繼續讓我欣賞一下嗎？」

「別、別這樣嘛！我可是害羞到快死掉了喔……！」

「若是這玩法也包含在條件裡怎麼辦？」

「你別這樣嚇唬人啦。好、好吧，真拿你沒轍耶……」

於是我跟艾莎繼續觀察我的精液從她陰部裡緩緩流下的模樣。

這段期間，我們不曾鬆開彼此的手。

# 6 剩下四個

等我們分開之後，艾莎左手上的手環開始發光。

情況與昨天的腳環一樣，上頭的古代文字迸射出綠光，接著噴出一陣蒸氣，隨即當場斷成兩半。

「太好了……這次也成功了……」

艾莎放鬆地呼出一口氣。

我也同樣稍稍安心，畢竟都做了這麼多，要是沒得到一點成果會挺令人氣餒的。

艾莎注視手環的碎片一陣子之後，心情愉悅地說：

「那就只剩下四個『詛咒裝束』，希望接下來也能這麼順利。」

「……這恐怕有點困難喔。」

「為什麼？」

「妳想想今天有過哪些玩法，有手淫、乳交、口交跟全部一起來，外加上多個性交體位，其中又以前半段是最具代表性的前戲，偏偏這一連串做下來只解開其中一個，換言之……」

「剩下四個是更特殊的玩法嗎？」

「正是如此，明日起可能無法像今天這般順利了……」

「唔……那、那也就沒辦法啦，眼下只能不斷嘗試……」

「說得也是。」

「那個……明天也要做嗎？」

艾莎突然露出像是在打探什麼的表情，我略感困惑地回答。

「……有什麼不妥嗎？」

「也、也沒什麼不妥啦……！就只是……」

「只是……？」

「當、當我沒說！」

艾莎一臉不滿地趕緊將凌亂的衣服穿好，但她明顯忘了我們渾身上下都有著彼此的體液……

她整理好儀容便說：

「那、那就晚安囉！明天也請多指教……！」

「我昨天也提醒過，記得要把身體洗……」

「這、這點事我都知道啦，哼！」

門被用力甩上後，房間內立刻恢復寧靜。

現場則跟昨天一樣……只剩下能證明男女交歡過而弄髒的凌亂床單、雄性與雌性交配後的濃郁氣味，以及……艾莎的體香。

「她究竟是怎麼了……？」

我發出一聲嘆息，直接躺倒在床上。

一股強烈的疲倦感湧上心頭……想想今天發生了許多事。因為自明天起會繼續襲擊其他都市，這樣的日子將持續一段時間。雖然戰爭和做愛都會給人產生快感，同時也十分講究體力。

不過……

「照這樣發展下去，我方或許真的有一絲希望。」

對抗『帝國』的手牌已逐漸湊齊，假如再加上艾莎的力量將是如虎添翼。即便無法肯定能否趕在下一場大戰前解除詛咒……但若手中握有一張王牌，總是讓人比較安心。

一旦詛咒解開，我就不能像今天這樣和艾莎上床。儘管令人有些遺憾……不過我只要盡情去享受這個過程就足夠了。

畢竟我與她本就是敵對……理當是水火不容的存在。

要是艾莎與我情投意合的話，或許也是一種幸福……

如此心想的我，不知何時像是沉入名為疲倦的汪洋之中，就這麼深深睡去。

◇ ◇ ◇

（唉唷，他擺出那副冷淡的態度是怎麼回事……!?稍微體貼我一下又沒關係！）

艾莎氣呼呼地嘟起嘴巴，沿著走廊往自己的房間前進。

發燙的身體到現在尚未平復……不對，是今天的行為結束後，莫名有種擺脫束縛的感覺，只覺得心情有些飄飄然。另外乳頭還是十分硬挺，下面則同樣相當敏感……

為了壓抑這股情緒，艾莎持續在心中自言自語。

（明明我就只是想確認明天要不要再做羞羞事，他竟然直接反問『有什麼不妥嗎？』……我當然是沒有啊，問題是他都沒有對我表示關心！我好歹也是個女孩子嘛……！）

話雖如此，諸如「在做羞羞事時，能盡量別以公事公辦的態度來面對」或是「在完事之後，對我說點甜言蜜語或聊聊私事」等心底話，艾莎是死都不會說出口，她的尊嚴不允許自己這麼做。

可是……這些念頭卻在她腦中揮之不去。

就算艾莎並非卡特初體驗的對象，但卡特對她而言仍是獻出第一次的人。

而且……

（今天的羞羞事也一樣好舒服……）

曾聽同伴們說過在雙方同意之下的羞羞事會「非常舒服」，不過艾莎萬萬沒想到是這種程度。

有可能是卡特主導得非常好。

明天也能做羞羞事……光是這樣就令艾莎感到高興。

外加上卡特也為了精靈們非常努力。

比方說他今天以出色的戰術解放奴隸，這舉動的確是非常偉大且帥氣。儘管他總愛說大道理，卻絕非單憑一己好惡在思考事情。

相信卡特就是這種人。

跟卡特攜手合作，讓身心靈合而為一，加深彼此的羈絆。

艾莎並不排斥這種事，甚至對此感到高興。

心中的另一個她……竟渴望這段關係能永遠維持下去。

（我、我在胡思亂想什麼呀!?）

面對冷不防從心底冒出的這個想法，她甩了甩頭矢口否認。

（確實卡特以一位男性來說是非常出色，但假如我期望這段關係可以持續下去……！不就等於是我「喜歡」卡特嗎!?）

即便男女雙方的立場不同，卻因為肉體關係而相親相愛……就算這種事再常見，也不該發生在自己身上。

不過這麼一想，又覺得很有說服力。

（不、不對！卡特終究是我的敵人，我們只是為了活下去才發生肉體關係……！與「喜歡」二字是一點關係也沒有……！）

但艾莎越是深入思考，就越是對卡特動情……導致她不知該如何是好。

# 第三章 萌生的愛意與第一次肛交

## 1 帝國的逆襲

現場瀰漫著一股……該來的終究還是來了的氛圍。

「部署於各地的斥候捎來消息了。」

我們抵達哈爾施塔特城已過了一週。

在當作會議室的房間裡，佩因的手裡拿著一份報告說：

「『帝國』軍已進入薩爾斯堡溪谷，規模為一個軍團，總兵力約為五千人。」

現場氣氛十分沉重……有多名精靈劍鬥士不由得發出嘆息。

艾莎當然也有參加這場會議，但她雙唇緊閉不知在思考什麼。

「敵方似乎打算利用溪谷內的街道直奔這座哈爾施塔特城。按照他們行軍的速度，明日一早就會抵達薩爾斯堡，換言之……」

「我方得在今天之內，挑選薩爾斯堡溪谷的一處來迎擊敵軍對吧。」

「可以這麼說。」

面對我的詢問，佩因一派輕鬆地給出答覆。

我們早已計畫好要在地勢險峻的薩爾斯堡溪谷迎戰敵軍。既然敵方的人數占上風，我方自然得活用地形優勢。

話雖如此，明明即將與敵軍展開決戰，佩因卻處之泰然地將時限說出口，當真是擁有過人的膽識，所以我才捨不得失去他這麼一名部下。

「好，接下來確認我方的戰力……佩因，親衛隊的狀態如何？」

「親衛隊人數總共五十名，大家都士氣高昂，只要主帥您一聲令下，赴湯蹈火在所不辭。」

「艾莎，精靈那邊怎樣？」

「…………」

艾莎遲遲沒有回應……仔細一看，她呆若木雞地注視著我。

而且模樣像是正在發高燒。

「艾莎？」

「……！抱、抱歉，我分神了……」

艾莎連忙賠罪，臉色則比往常更加紅潤。

「妳怎麼了？若是不舒服就快去醫務室……」

「我沒事，就只是在想事情……」

艾莎輕咳一聲正色說：

「你是問精靈們的狀態吧……放心，大家只要一收到命令就能馬上行動。」

「精靈的數量呢？我昨天有吩咐妳統計出確切的人數吧。」

「劍鬥士有一千五百二十二名，其餘人等則有一百四十八名，除了二十名左右因病或傷勢無法行動以外，其他人都可以參戰。以上內容還充足嗎？」

「非常充足。」

一千五百二十二名劍鬥士……我方之所以有這麼多人，無須多言正是從我們抵達哈爾施塔特的隔天至昨日為止，一連五天前往鄰近都市解放當地奴隸所獲得的戰力。

除了艾莎以外，其他加入的精靈領袖都在這個房間裡。至於最初襲擊時救出的畢勒費爾德族領袖・菲雅兒也身列其中。

一千五百二十二人這個數字，非常接近我預計在這裡戰勝『帝國』軍所需的最低戰力。

如今，這支戰力就在我的手中。

「……儘管我方戰力達到一千五百人，但其實是由多個部族組成，算不上已做好統合，而且大家幾乎不曾一起有過實戰演練……」

「……另外，大多數的劍鬥士都跟我一樣是弓兵。」

坐在艾莎身旁的優妮絲緊接著說明。

「擅長劍術的精靈，包含艾莎大人在內約莫一百人……這情況下與『帝國』軍短兵相接絕非良策，可是光靠弓兵應戰也會力不從心……理由是我們對此處的地形不熟，將導致伏擊的效果不彰，也就是說……」

「因為無法採取有效的伏擊戰術，眼下只能與敵人正面交鋒，如此一來就得短兵相接，偏偏擅長劍術的人數量太少，到時將會不敵對方的人海戰術……」

我補充後，優妮絲杏眼圓睜瞪著我說：

「既然你明白這點，到底是有何打算？相信你已有對策了吧？」

面對優妮絲的提問，我揚起嘴角露出虎牙，神情得意地朝她一笑。

## 2 重要之人

我在接下來的一個小時內解說完作戰計畫後，便開始做出征準備。

首先讓精靈各部族的領袖們，去向自己的同伴們說明現況與計畫。

接著是各自做好出征準備，在哈爾施塔特城的庭院內集合。等全員到齊後，就動身前往迎戰敵軍的地點。

在這幾天裡，我們接連襲擊鄰近都市……以解放奴隸為目標的一連串進攻，讓叛軍戰力增加至一千五百人左右，不過叛軍的指揮官依舊由我來擔任。當然我也認為自己是這場叛亂的主謀，沒有其他人能夠勝任。

話雖如此……

「戰力果然還是增加得太倉促，不少精靈都對現狀的變化抱持疑慮……」

艾莎觀察著來庭院裡集合的精靈們，同時在我耳邊低語。

她這番話所言不假。在庭院內的精靈們之中，有人明顯露出不安的表情，甚者還會表現在言行上。

「尤其是昨天和前天救出來的精靈們……畢竟她們才剛重拾自由，就被迫立刻與『帝國』軍交戰……」

「……這我知道，可是我也別無他法。」

我忍住嘆息的衝動繼續說：

「不管怎麼說，這支叛軍終究只是由一群奴隸組成的。若想產生真正的信賴關係，就必須實際打勝仗才行。」

「我們當真能取勝嗎……？」

「我就是為此才制定策略，妳不也同意了嗎？」

「……也對，我很清楚眼下就只能相信你了。」

語畢，艾莎像是感到不甘心地臉色一沉。

「不過……我還是無法接受自己就只能發揮出如此半吊子的力量。明明正值關鍵時刻，我卻不能全力應戰……至少解開第三個裝束也好……」

在襲擊完薩爾斯堡的當天晚上，我們順利解開第二個詛咒裝束，但接下來即使連日挑戰，可是直到現在都沒能解開任何裝束。

附帶一提，連日挑戰的具體方式就是「盡可能跟艾莎做愛，並且嘗試各種體位」。

若要明確解釋……就是我們嘗試過背面坐位、後背體位、後趴位等各種我所知的體位。既然目前毫無關於解除詛咒的提示，我們也實在別無他法。

但遺憾的是光靠這些玩法，也沒能解開艾莎身上的詛咒，她自然無法發揮出原本的力量。

……不過跟艾莎做愛是真的很舒服，再加上和她做過各種體位，想想自己也算是賺到了。

「等等，你是在偷笑什麼……難不成你是回想起那些事嗎!?」

艾莎注意到我表情的變化後，面紅耳赤地發出嬌斥。

這種時候說假話只會得到反效果，於是我坦率地點頭承認。

「嗯，妳說對了。不過順著這個話題，我會想起那些事也是在所難免。」

「這、這麼嚴肅的時候，你別在那邊胡思亂想啦……！」

「現在想想，我們還真的是嘗試過好幾種體位……無論是那種或那種，啊～就連那種羞人的體位也做過……！」

「你給我閉嘴啦！害、害我也跟著想起來了……！」

「話說妳也越來越擅長做那檔事，這幾天裡變得對於主動擺腰一事是習以為常……」

「少、少囉嗦……！因為做羞羞事很舒服是理所當然的，所以我也沒辦法呀……！」

「這是哪門子的歪理啊……」

「我只是想表示在與『帝國』開戰前，沒能解開所有的『詛咒裝束』很令人不甘心罷了！才、才不是愛上跟你做羞羞事，或是喜歡你之類的喔……！」

「我又沒這麼說……」

我感到傻眼地如此回應。但我閉嘴後，艾莎仍小聲碎念著「不對，不可能有那種事，我剛剛才沒有痴痴看著卡特的臉……」，不知在說些什麼。

簡直是莫名其妙……或許是艾莎在開戰前也會緊張吧。

「……雖說也不是沒考慮過，至少在開戰前可以再試一次，但終究還是沒有那份餘力吧……」

依照預定計畫，叛軍將在今天下午與敵軍接觸並開戰。不管怎麼說，我現在也沒有餘力跟艾莎做那檔事。

「總之這次就不仰賴艾莎妳的力量，只靠我的戰術來搞定。至於妳就一如原定計畫，站在最前線率領精靈們作戰，那就拜託妳囉。」

我以符合話語內容的態度拍了拍艾莎的肩膀。

艾莎被我拍了肩膀後，像是終於回神似地停止喃喃自語，接著彷彿在思考事情般陷入沉默……片刻後她向我提問說：

「關於這件事……真的不要緊嗎？」

「妳指的是……？」

「為了以防萬一，我來擔任你的護衛比較妥當吧……」

艾莎一臉擔心地注視著我，看來她是真心這麼認為。

「交由佩因他們來擔任我的護衛即可，畢竟總隊很容易遭到攻擊。按照妳現在的狀態，和其他精靈一起戰鬥會更安全。」

「話是這麼說沒錯啦……」

目前就只解開兩個「詛咒裝束」的艾莎，完全發揮不了多少她真正的力量。

尤其是艾莎的魔法完全遭到封印，對我方而言是一大損失。畢竟她的過人之處，就是結合魔法與劍術的戰鬥方式。

「所以這次先分頭行動。況且有妳站在最前線，也能大幅激勵精靈們的士氣。但切記不要勉強，若是失去妳，我也會很傷腦筋。」

「唔、嗯……」

艾莎像是有些難以接受，又有些害羞般，露出相當複雜的表情撇開目光，而且臉頰還紅紅的。

這是怎麼了？我有說什麼奇怪的話嗎？

「卡特你也是……要好好加油喔。在我的心目中，你是帝國裡最優秀的指揮官，而且我對此不曾有過一絲疑慮。」

「交給我吧。」

我信心滿滿地點頭回應，同時自認為已湊足夠格這麼答覆的要素。

「我是『帝國』的將軍，自然對『帝國』的戰術瞭若指掌……這次就只是利用其中的破綻罷了。」

「嗯……」

「而且……要是戰敗的話，我就不能繼續疼愛艾莎妳了。」

「……！哪有人挑在這時候說那種話嘛……！」

艾莎宛如取回以往的活力般大聲嬌斥。她就是要這麼有精神才令人安心。

在我們如此交談之際……

「請等一下，佩因大人！」

在庭院一隅，能看見畢勒費爾德族的菲雅兒追在佩因身後。菲雅兒的手裡握著一條繡有可愛花紋的手帕。

哦豁～照此情況看來……

「佩因大人！我不求您帶著像我這樣的弱女子上戰場！但至少請把我的手帕當成

護身符帶在身邊……！無論弄得多髒都沒關係！」

「不行不行，菲雅兒大小姐！妳給我這種東西，可是會招來多餘的傳聞喔！總之妳放心，就算沒有護身符，我也一定會回來的！」

「沒那回事！曾是畢勒費爾德族最強戰士的先父說過『無人能預料戰場上會發生什麼事情』……！因此求求您……！」

「我說不行就是不行！像我這樣的莽漢不能收下這種東西……！」

「這條手帕是我第一次送給男性的信物，所以拜託您收下吧……！」

「求求妳別追加這種害人難以推辭的補充啦……！」

佩因在庭院裡四處逃竄，菲雅兒則緊追在後。憑佩因的腳程肯定能輕鬆甩掉菲雅兒，不過佩因基於對菲雅兒的體貼，盡可能想以言語來說服。只是看這情況恐怕效果不彰。

至於菲雅兒對佩因抱持何種情感，光看她的反應就讓人一清二楚。

「該怎麼說呢？這發展真叫人意外呢……」

艾莎以傻眼與驚訝參半的語氣如此說著。我也跟著點頭同意。

「嗯，不過我本來就知道佩因是個好男人，另外……」

我扭頭觀察庭院內……許多精靈在看見佩因和菲雅兒交談的情形後，都露出一副忍住笑意的樣子。

拜此所賜，原先的緊張氣氛得到舒緩，眾人臉上都換成一個放鬆的表情。

也不清楚佩因是否有料到這點，但終究是幫了個大忙……

艾莎似乎看出我想表達的意思，像是鬆了一口氣般說：

「也對，這不失為是一樁美談。而且我也能理解菲雅兒的心情，畢竟大家都不希望見到重要之人喪命……」

艾莎說到一半止住話語，忽然露出詫異的神情。

接著她扭頭望向我……那模樣彷彿終於覺察到……深藏於自己心中某種難以置信的想法。

「妳突然間是怎麼了？我的臉上有什麼嗎？」

「咦……抱、抱歉，我沒事，什麼事都……沒有……」

「…………？」

「你別在意……純粹是我在腦中想像出絕無可能發生的事情……」

語畢，艾莎彷彿想壓抑住快要從心中爆發出來的情感，用力握住收於鞘內的長劍。

同時以我幾乎聽不清楚的音量，似乎說了以下這句話。

「『不希望見到重要之人喪命』……我之所以也會產生這個想法，肯定就是因為那件事……」

## 3 拉茲提國道戰

從薩爾斯堡通往哈爾施塔特的路徑上，有一段路叫做拉茲提國道。

這條開闢於險峻峽谷森林間的道路不算崎嶇，儘管植被以針葉樹為主，但樹林生長得不算茂密，因此視野還算遼闊。只是從道路兩旁延伸而去的森林占地遼闊，倘若闖入其中，會給人一種身陷虛無世界的錯覺。

此刻，有五千名士兵井然有序地沿著拉茲提國道前進。

那就是追擊叛軍的『帝國』軍……其中一支軍團。

『帝國』軍的特色就是會運用重裝步兵築起戰線來發動群體攻擊。

手持大盾與巨型武器的重裝步兵會緊貼在一起組成長形方陣（Phalanx），先以弓箭或標槍等遠距離武器削弱敵人，同時慢慢逼近敵方大本營，最終再採取近戰輾壓對手。

可說是非常穩固且強悍的戰術……不過這是以兩軍在平原上交鋒為前提，在這種無法築起戰線的狹窄地形就難以發揮效果。由於重裝步兵們不能依照訓練那樣戰鬥，自然就沒辦法發揮原有的實力。

艾莎他們之所以能在自己的故鄉與『帝國』軍一戰，主要原因就是基於『帝國』軍的這個特性。『帝國』軍常用的這個戰術，根本無法適用於精靈們居住的森林或山岳地帶。

此道理也能套用在目前正沿著拉茲提國道前進的『帝國』軍身上。

按照樹林的茂密程度，其實也可以將隊列打散，讓軍隊進入森林裡，可是『帝國』軍的教科書裡並未提及這類內容，該指揮官看似也不會臨機應變。

『帝國』軍的軍事機構總是食古不化，因此他們的戰術也同樣一成不變。

拜此所賜，即使我和佩因等親衛隊藏身於附近的窪地內，他們也渾然不覺。

「接下來該怎麼辦？主帥。」

「當然是開始攻擊。」

我語氣堅定地回答佩因的問題。在這種時候猶豫不決一點意義也沒有。

「即使敵人有採取提防偷襲的陣形行軍，但反過來說就是他們無法因應偷襲以外的狀況，這是個大好機會。只要在這裡把他們一網打盡，我們今後將能更易於採取其他行動。」

「僅憑一千五百人，而且大多都是精靈弓兵，若對五千名武裝步兵發動圍攻，在一般情況下就算成功築起包圍網，之後也會被武裝步兵突圍成功，最終吞下敗仗。畢竟我們以前就曾經這麼做過。」

『帝國』軍的重裝步兵一如其名身穿重甲，只要搭配弓箭與標槍等武器，在遠距離攻擊上也有一定的強度。

「沒錯，所以我們才把這裡選為戰場……佩因，開始吧。」

「遵命，主帥！」

佩因豪邁地回應後，取下背上的弓箭，向上方射出一箭。下個瞬間，被加工過的箭矢發出撕裂空氣的刺耳聲響。

與此同時，躲藏於森林各處的精靈弓兵接連現身，開始朝著敵軍放箭。

負責率領這群精靈的人，就是艾莎的部下‧優妮絲。和她一樣身手敏捷且擅長弓術的精靈們，就是為了這波攻勢而群聚在此。

面對突如其來的偷襲，敵軍陷入大亂……士兵們接連被箭矢貫穿頭部與手臂，不斷傳出傷亡。

雖然武裝步兵們陷入混亂，卻沒有潰不成軍。小隊長們扯開嗓門發號施令。

「別怕！這只不過是弓兵的攻擊！而且人數應當不多……立刻展開突圍！」

在小隊長們的指揮下，重裝步兵們切換成攻擊陣形。按照他們的應對速度，恐怕是訓練有素。再這樣下去，精靈們很快就會被敵方突圍成功，然後反遭各個擊破。

我揚起嘴角。因為截至目前的發展都在預料之中。

既然如此，就嘗嘗這招吧……!!

「就是現在!艾莎!」

「收到!馬戰車堡部隊，開始突擊!」

艾莎大聲下令……同一時間，待命於比射箭的精靈們更後方的部隊開始向敵軍突擊。

若要形容該部隊的外觀……就只能說是貨車部分加裝木板強化過的一大群馬車，而馬車內則有多名精靈。

帶頭衝鋒的是約莫一百名手持長劍的精靈騎士，艾莎當然也身列其中。儘管此任務風險極高，但為了提振精靈們的士氣，非得由她親上最前線不可。

「衝啊啊啊啊啊!」

在艾莎的號令之下，馬戰車高速穿梭於樹林間，一鼓作氣衝向敵陣。至於敵軍……因為這出乎意料的對手而驚慌失措。

馬戰車隊利用這短暫的破綻，高速疾駛至敵陣前，並連忙甩尾停了下來。加裝木板的貨車組成多個圓陣，位置恰好阻擋在敵人的面前，可說是要塞化的大量貨車（馬戰車堡）。

精靈們迅速跳車，以貨車為盾接連放箭。在近距離之下，箭矢的命中率大幅提升。

「這群傢伙在搞啥啊……!?」

位於敵陣中央的隊伍……在那群身上鎧甲明顯更為華麗耀眼的軍人之中，有一人十分慌張地如此大叫。

看來那就是率領這支軍團的軍團長，身旁那些則是他的幕僚吧。換言之，那就是敵軍的總隊。

「立刻讓武裝步兵突擊！再這樣下去只會徒增傷亡！」

「可是想摧毀那東西將會損失大量兵馬……！再加上對方築起的圓陣密不透風，附近又有騎士們擔任護衛！」

「就算這樣，我們也不能繼續單方面挨打！馬上下令突擊！」

「遵、遵命！各武裝步兵大隊，開始突擊！」

在收到命令後，數百名的武裝步兵開始突擊。但因為受樹木阻擋的關係，他們的陣形等同虛設。

精靈們見狀後也不慌不忙，從樹木後方和貨車裝甲上刻意保留的射擊用空隙持續放箭。

拜此所賜，大多數的敵兵在抵達貨車前就已死於箭矢之下。

少數毫髮無傷抵達貨車前的敵兵們，被持劍守於附近的艾莎等人逐一斬殺。

『帝國』軍完全處於下風，武裝步兵們在沒能瓦解馬戰車堡圓陣的狀況下不斷送命。儘管幾乎沒有敵兵臨陣脫逃，卻也加快他們損兵折將的速度。

不過『帝國』軍依舊沒有停止反擊，一直想設法突圍。

既然如此……我拔出掛在腰間的長劍。

「佩因，下令讓親衛隊展開突擊！目標是敵陣中央的總隊！若能在此時除掉對方的軍團長，敵人就會立刻潰不成軍！」

「遵命！弟兄們衝啊！」

「喔喔喔喔！」

藏身於窪地的三十多名親衛隊接連上馬，開始朝著敵陣突擊。

我刻意把擅長近戰的親衛隊留在身邊，為的就是這一刻。雖然自己這麼說像是在往臉上貼金，不過優秀的指揮官隨時隨地都會在手邊保留一支戰力，以備不時之需。

因為我方又出現增援，『帝國』軍更是亂成一團，敵方總隊徹底慌了手腳。

我慢一拍跨上坐騎，決定一同參加突擊。

佩因忍不住大驚失色喊說：

「主帥！難不成您也打算加入突擊……!?」

「不妥嗎？考慮到接下來的發展，這麼做能獲得更多好處。若是讓精靈們誤以為我這名指揮官膽小怕事，日後將會不願聽令於我。」

「可是……！」

「放心，就算我並不喜歡打打殺殺，但至少身手還算不錯……走吧！」

我不由分說地策馬前行，佩因露出無奈的表情緊跟在後。

剎那間，我恰好看見在馬戰車堡周圍交戰的艾莎。

「卡特！」

「艾莎！」

我們兩人對視著……艾莎的眼中透露著不安與期待，以及像是十分擔憂某人即將置身險境的複雜心情。

難道艾莎是在擔心我嗎？

確實我跟艾莎是為了實現同一個目標，發誓要共禦強敵的同志，但這段關係應當並非僅止於此……

當我腦中閃過這個算得上是不合時宜的思緒之際……

「卡特！危險——————！」

「……！」

我因為感受到殺氣連忙側身一閃……下一秒只見好幾根標槍從我的身旁呼嘯而過，接連刺在地面。

其中一根削過我的臉頰，隨之傳來一陣刺痛。

真危險……！要不是艾莎大喊提醒的話，我現在就……！

「卡特……!?」

「我沒事……妳就安心等在那裡！」

「但是……！」

「少囉嗦！滾開——————！」

我以坐騎撞倒阻擋在前的敵兵們，隨著佩因等人衝進敵軍的總隊之中。

## 4　露天澡堂

「痛痛痛痛……傷口沾到水還挺疼的。」

此刻的日期已來到隔天……

泡在浴池裡的我，因為臉上那發疼的傷口而皺起眉頭。

這裡是位於哈爾施塔特城一隅，浴池以岩石砌成的露天澡堂。聽說池裡的水是來自地下的天然溫泉。此澡堂是由於昔日城主的興趣所打造而成，除了浴池以外就只有簡樸的更衣間和洗滌區，而且是男女共用。

佩因跟精靈們偶爾會來這裡泡澡，我則是第一次使用這裡。

老實說我並不會特別注重洗澡方式，但不久前才剛結束一場大戰……想說稍微犒賞一下自己。

此溫泉有著助人放鬆身心的溫度，一股暖流就這麼從肌膚緩緩滲入體內，讓人有種想永遠泡在水裡的感覺。

從浴池放眼望去，能看見哈爾施塔特湖與其對岸的哈爾施塔特鎮，身後則有薩爾斯堡的綿延山脈，這片令人心曠神怡的雄偉景色。雖然目前已是深夜，但天上的月亮仍為人們帶來一絲光明。

感受著這一切，我似乎該早點懂得利用這種好地方……

「呼……」

我舒暢地呼出一口氣，並在腦中回想之前發生的事情。

……與『帝國』軍的這一戰，如我所料是我們叛軍大獲全勝。

在最後的那場突擊中，我與佩因率領的親衛隊徹底擊潰敵方總隊，士氣遭重創的敵軍就這麼兵敗如山倒。

在自古以來的戰爭之中，死傷最慘重的情況並非發生於守城戰或撤退戰，而是剛戰敗的時候。

士兵在戰敗失去鬥志時，都會轉身背對敵人逃離戰場。為了減少身上的負擔，往往會把武器扔掉。想當然耳，士氣大振的敵軍便會展開追擊，於是逃兵們都會單方面被人從背後攻擊，就這麼無力抵抗地慘遭殺死。

這場戰爭也發生相同的情況。

我方全面追擊敗逃的『帝國』軍，導致拉茲提國道上的屍體堆積如山。

下午時分，總數約五千名的敵軍已確認被全數殲滅，在清理完敵方的屍體後，我們便揮軍返回哈爾施塔特城。

叛軍的損傷則是有十多名人員負傷，萬幸的是無人戰死。換言之，馬戰車戰術確實有發揮奇效。

關於此次的戰術，其實是我跟佩因在蠻族領地內和艾莎等人交戰時，曾聊到「假如精靈採取這種戰術，我方將會非常不利」，於是此次就這麼付諸實行，雖說戰勝『帝國』軍令人開心……卻也覺得相當諷刺。

「這麼一來，我方算是有一線生機了……」

我們在這場戰役中殲滅『帝國』軍的一支軍團，相信此消息不久後就會傳遍整個『帝國』。

『帝國』的執政官們在見識到我們並不好惹以後，顧慮到交戰得承受的損失，今後將難以對我們下手。而我們就趁此空檔，趕緊揮師前往位於北方的蠻族領地。

倘若『皇帝』想派遣比此次更大規模的軍隊，就必須對各地的執政官們做武力脅迫或花錢賄賂，透過強硬的手段逼迫這群人就範。

如此一來，『帝國』的政治局勢將陷入混亂，即使是『皇帝』也不敢魯莽行事才對。

前往蠻族領地少說也得費時一個月以上，因此我們得做足相應的準備。直到完成準備以前，我們都不能離開哈爾施塔特……

「在此之前，我們就在這裡養精蓄銳吧……」

……話雖如此，艾莎接下來有何打算？

考慮到今後的狀況，我們有必要為了解開「詛咒裝束」而繼續上床嗎？

現在已掌握通往艾莎故鄉的一絲希望，因此我也無法肯定艾莎會願意繼續維持這段關係。

無法跟艾莎上床是很令人遺憾……不過我們打從一開始就只有這點交情，而我也覺得自己不能隨意去強迫她……

當我如此心想之際……

「……誰在那裡？」

在白煙之中隱約能看見一道人影，我反射性地將手伸向放於岩石上的佩劍……但隨即就停下動作。

因為那道人影的真實身分是……

「卡、卡特……」

「艾、艾莎……!?」

那位佇立於煙霧之中，擁有白皙肌膚、金色秀髮，以及鈷藍色眼眸的美麗精靈就是……艾莎。

## 5　也獻出第一次的肛交

「辛、辛苦了……你果真在這裡……」

艾莎羞澀的臉頰染上微暈，輕聲如此說著。

就在這一瞬間，我錯愕得說不出話來。

因為此刻的她美若天仙。

站在霧氣中的艾莎，只用一條白毛巾遮著身體，即便她每次在房間與我上床時的模樣都近乎全裸，但眼前的她仍有著截然不同的魅力。

儘管脖子、耳朵跟大腿上的『詛咒裝束』都還在，卻依然給人一種煽情的感覺。艾莎用毛巾遮住身體，不過吸收溼氣的毛巾緊貼在她身上，讓人能清楚看見她的曼妙曲線，反而更容易勾起男人的慾火。縱然隔著毛巾，但無論是那對豐滿的乳房、乳頭和微微隆起的乳暈都清晰可見。

空氣中的溼氣在她的身上凝結成點點水珠，沿著她的下巴和胯下滴落，任誰看了都會想入非非。

她原本就這麼漂亮嗎……？

還是溫泉的緣故……？

「唉、唉唷，你別緊閉著嘴巴，稍微說點什麼嘛！要、要不然我會很害羞耶……！」

「咦……!?啊、說得也是……不過依妳前一句話來判斷，表示妳是為了找我才跑來這裡……？」

「對、對啦……！我剛才四處找你時，佩因說你應該在這裡……難道會給你造成困擾嗎……？」

「這倒是沒有啦……」

我確實不會感到困擾，卻很好奇艾莎的用意，她為什麼想要找我……？

「先、先不說這些，我可以去你旁邊嗎……？我也想泡溫泉……」

「啊、嗯……」

我略顯狼狽地點頭同意，於是艾莎走進浴池裡慢慢靠近。每當她往前一步，毛巾就會隨之飄動，不時露出底下的乳頭跟陰部，害我不知該把目光往哪裡擺。

畢竟我們每晚都在做愛，就算一起洗澡……理當是沒什麼大不了的，我卻莫名感到心神不寧，無法與艾莎對視。

艾莎似乎也有相同的感受，明顯躲著我的目光，卻又不曾停下腳步。

艾莎在我的身旁止步後，便將身體泡進溫泉裡。

她離我很近，而且是觸手可及。

扭頭即可清楚看見她的後頸。

糟糕，總覺得心跳逐漸加快。

這樣的艾莎好可愛，而且十分性感。

感覺直接在這裡戰上一輪會是個不錯的選擇……

「你、你應該在休息吧，不好意思這樣來打擾你……」

艾莎依舊沒有看向我，以破碎的嗓音如此說著。能清楚聽出她和我一樣是十分緊張。

她每一次呼吸，毛巾下的巨乳就會微微晃動，令水面掀起陣陣漣漪……

「啊、嗯，我不介意……可是……妳為何想找我呢……？」

難不成是對於今日一戰有所疑慮嗎……？

「也、也不是為了什麼大不了的事情啦……就只是……有點擔心……」

「擔心？是指我臉上的傷嗎？」

「那也是其中之一，不過除了身體以外，也包含精神在內。經歷那樣的一場大戰，想說你應該會很累才對……」

「啊～原來如此……我確實是有點累，但不至於累倒。更何況我早就習慣戰鬥，不會因為先前的戰爭而心靈受創……」

「也、也對……達到你這種水準的指揮官，一般來說都是這樣……」

「妳有什麼話就直說。難道和往常一樣，是為了解除詛咒才來找我？」

「我、我可沒這樣說喔……！」

「那妳來這裡做什麼？」

「那個，這個……」

艾莎害羞地扭動身體，若有所思地低語說：

「我是想說自己能不能撫慰你……」

「撫慰……？」

「我並不是為了解除詛咒才來跟你做羞羞事，純粹是覺得在之前的戰鬥裡，自己似乎過於勉強你了……」

「我不覺得自己有哪裡勉強了。」

「但你不久前就碰上危險啦。尤其是你的臉被劃傷當時，要不是我趕緊提醒，你現在已經……」

「說得也是，關於此事確實得感謝妳。」

「都怪我無法發揮原本的力量……就像那時有我陪在你身邊的話，你就不會遭遇危險了……」

「那也是莫可奈何啊，當時是我安排妳去負責其他任務。」

「但我還是無法接受……！如果我擁有更多力量，就可以在一旁保護你……所以我想答謝你，也算是想幫自己贖罪。倘若你能從我的肉體上得到慰藉，基本上我是不介意啦……」

「即、即使妳這麼說……」

「假、假如你想要的話，就算做羞羞事也可以，但我擔心會不會害你更累……」

艾莎握住我的手，並且輕輕地擁入懷裡。像這樣直接感受到胸部的柔軟與滑嫩，我的心臟用力一震，下半身也開始充血。

照此情況看來，她擺明就是在邀請我。

不過單純做那檔事，總覺得跟撫慰二字扯不上邊，而且艾莎特地來關心我，這麼對她實在是太可憐了。

外加上最近做那檔事時都過於執著在解除詛咒，總是不斷嘗試各種體位……

此時，我想出一個好點子，這麼做不僅能讓我和艾莎都得到滿足，也或許可以對解除詛咒有所貢獻。

「我懂了……那妳來幫我洗身體吧。」

「洗身體？啊～就用那邊的毛巾……」

「不對，得用妳的身體來幫我洗。」

「我、我的身體嗎……!?」

「嗯，妳用那邊的肥皂把全身都沾滿泡沫。」

「還、還有這種玩法嗎……!?」

「沒錯，有些妓院還會主打這類在浴室裡的玩法喔。」

「這樣做當真會舒服嗎?有辦法讓你得到撫慰嗎？」

「這就得看妳的表現了，妳就努力試試看吧。」

「唔、嗯……」

艾莎離開浴池，前往洗滌區準備用肥皂把自己的身體沾滿泡泡。也不知是否因為這肥皂容易產生泡泡，她身上轉眼間就滿是白色的泡沫。

白皙的肌膚上滿是泡沫，反而突顯出艾莎那凹凸有致的身材。大概是脖子上仍有個鐵製項圈的關係，莫名給人一種煽情的感覺。

這畫面比想像中……更令人心癢難耐耶……

「我、我在身上沾滿泡泡了……接下來呢……？」

「妳自己想想看，該怎麼做才能夠撫慰我吧？」

「你、你還真是壞心眼……!那、那你先坐過來吧……？」

「沒問題。」

我從浴池裡走出來，直接坐在洗滌區的矮凳上。雖說我的陰莖早就充血到一柱擎天，卻還是裝出一副什麼事都沒發生的模樣。

艾莎似乎也注意到我下半身的變化，但她沒有多說什麼，怯生生地將身體靠近我。

「那、那我來幫你洗身體囉……」

「唔、嗯……」

「首先從背部開始……」

等我在矮凳上坐好後，艾莎將胸部貼在我的背上。想來她也是興致高昂，能藉由皮膚感受出她的乳頭已完全變硬。

透過背部，可以清楚感受到艾莎那溫暖又有彈性的酥胸。

糟糕，光是這樣我就覺得非常舒服了。

「那、那我動囉……」

「嗯……」

艾莎將胸部貼著我，以生硬的動作清洗我的身體。多虧她身上沾滿泡沫，讓她得以順暢磨蹭我的身體。

胸部的觸感本就十分舒服，在擴散至全身後，更是給人帶來加倍的快感，彷彿正在接受最極致的按摩。有一部分的原因可能是拜泡沫所賜。

「這、這是……」

因為過於舒暢，我忍不住出聲。

本來是臨時起意的要求，竟然產生如此驚人的效果……當真是讓我賺到了。

「嗯，呼，啊，嗯……」

在我感動之餘，艾莎發出妖媚的嬌喘聲繼續用她的身體幫我清洗身體。背部、肩膀、雙手、兩腳……我的身體轉眼間也同樣都是泡沫，並讓人覺得通體舒暢。

每當艾莎動一次身體，不僅是胸部，大腿跟腰也會磨蹭到我的身體，令人產生不同的快感。

真棒，好希望……她每天都能這樣幫我洗澡……

「嗯，嗯……如何？卡特……」

艾莎將胸部貼在我背上，用雙手幫我清洗右手的同時詢問著。

「舒、舒服嗎……？」

「嗯……非常……舒服……」

「這、這樣啊……」

她在聽見我的讚嘆後像是鬆了一口氣，也好像十分開心地回答說：

「前、前面要怎麼洗呢……？同樣用我的胸部嗎……？」

「沒關係，用手就好，不過麻煩妳洗得仔細點。」

「好的……」

艾莎繼續將胸部緊貼著我的背部，雙手來回撫摸我的身體正面。雖說我是第一次讓女性像這樣摸遍全身，不過光是看見她那纖細的手指摸過我的胸口和腹部，就令我情緒高漲。

這時候，只剩下我的下半身還沒洗好。

艾莎暫時讓身體退開，用雙手把全身沾滿泡沫後，又恢復同樣的姿勢問我說：

「當然這裡……也要洗吧……」

「嗯……」

「我試試看……」

我的陰莖已膨脹到快要炸開，但這實在是不能怪我。讓擁有如此極致身材的艾莎這樣服務，任誰都會變成這樣。

「嗯……」

艾莎羞怯地撫摸我的陰莖，用指頭仔細幫我清洗。多虧泡沫的潤滑效果，這當真是最極致的體驗，產生出遠在手淫之上的快感。

艾莎習慣後，開始放膽地清洗陰莖。比方說以雙手摩擦尿道口周圍，或是用右手撫摸龜頭，同時以左手搓揉陰囊……

因為這真的太舒服了，導致我的射精慾望逐漸高漲。

「呼～呼～呼～……」

艾莎似乎也興奮起來，在愛撫我下半身的同時不斷嬌喘，宛若被某種東西深深吸引般，非常專注地來回撫摸我的分身。

不行，我忍不住了。

「艾莎……！」

「嗯……！」

我激動地吻向艾莎……艾莎也像是等待許久般做出回應，主動和我舌吻。

「嗯，親……舔……嗯呼……噗哈！卡、卡特……？」

「跟我接吻的同時也要繼續洗……」

「嗯……親、親……舔……」

除了舌頭交纏的聲音，還有艾莎用沾滿泡沫的右手上下磨蹭我陰莖的聲音，兩股煽情的聲響傳遍整座澡堂。

我也順勢以空著的雙手去撫摸艾莎的身體。從兩手、肩膀、腰部至陰部……當我摸至最後一處部位時，手上沒多久就沾滿不同於溫泉和泡沫的淫滑液體。

「嗯、呼，嗯嗯嗯！」

在持續接吻之際，艾莎一直煽情地嬌喘著。總覺得自己的大腦快融化了。

拜此所賜，我的射精慾望隨即達到極限，於是……

「嗯，要、要射了……！」

「嗯……！」

伴隨一股全身舒暢的解放感，我從龜頭射出白濁的液體，在半空中劃出一道弧線。

「你、你射了嗎……？」

艾莎結束與我的親吻，略顯詫異地確認著。想想這是她第一次以手淫的方式讓我高潮耶……

「啊、嗯……因為真的太舒服，所以……」

「這、這樣啊……當、當然我並沒有其他意思……畢竟我的心願就是能來撫慰你……」

艾莎雙頰緋紅，羞澀地這麼回答。這模樣當真是十分可愛。話說她原本有這麼可愛嗎……？

「接、接下來呢……？」

「所謂的接下來是……？」

艾莎將目光移開，像是期待著什麼似地發問：

「我依照你的要求，用自己的身體幫你洗澡，看此情況應該有讓你感到舒服……至於在這之後呢……？」

「咦、啊～～」

我完全沒想過這件事，不過按照眼下的情況，選項也只有一個而已。

「好，那就……」

「在、在這裡做羞羞事沒關係嗎？不會挨罵……？」

「放心，真要說來是大家都會在溫泉裡做這檔事。」

我邀請艾莎走進浴池裡，讓她用雙手撐在浴池外圍的岩石上，擺出向後翹高屁股的姿勢。

也就是所謂的「四腳式後背體位」。

想想還挺意外這是我們第一次嘗試這種體位。畢竟我們平常都是在床上做愛，而且要求還不習慣這檔事的艾莎擺出此姿勢，實在是有些不妥。

不過艾莎在連日的羞羞事裡接受過我的調教（這種形容方式頗那個的），外加上此處是溫泉，自然而然可以採取這種玩法。況且溫泉周圍有篝火燃燒著，讓我得以盡情欣賞艾莎的裸體。

艾莎的臀部緊實有致，摸起來既光滑又有彈性，美得宛若哪來的雕塑品。

看著不斷從陰部緩緩流下的愛液，更是令我情慾高漲。

「原來如此，這就是艾莎的屁股啊～……」

「等……你不要盯著瞧嘛！我的屁股有什麼好看的！」

「沒那回事，這是我第一次在明亮的地方欣賞妳的裸體，更別說是妳的屁股了。」

「笨、笨蛋～……」

「不過真的好美……沒有任何一絲瑕疵……」

「…………」

艾莎似乎頗有微詞，鬧脾氣地閉口不答。

「抱歉……那我進去囉。」

我握住自己的肉棒，輕輕碰觸著艾莎的下體。多虧艾莎的美臀，我早已重拾雄風。

陰莖才剛接觸到艾莎的陰部，她就舒服得發出「啊呼……」的聲音，看來她的那裡已變得十分敏感。

我稍微用陰莖磨蹭一下艾莎的陰脣，在對準目標後，一口氣擺腰頂入其中。

噗滋，噗滋滋滋滋滋……

「呼！啊啊啊啊——！」

艾莎的雙肩顫抖，發出遠比先前更充滿快感的呻吟。

「妳怎麼了……？」

「什、什麼事都沒有……」

「妳肯定是舒服到無法用言語形容對吧？」

「才沒有那回……啊！哪有人忽然動起來嘛～……！」

我用雙手抓住艾莎的腰部，以擺腰的動作來代替回答。

噗滋！噗滋！噗滋噗滋！

「呼啊！啊、唔、呼啊！」

艾莎發出遠比過去更宏亮的嬌喘聲。

不知何時，她也開始主動擺腰。在肉體與肉體的碰撞下，奏鳴著一首荒淫的樂曲。

「真、真棒！啊、這、這樣好舒服……！」

「既然如此……這裡呢……!?」

「咿！不可以插那裡……啊嗯嗯！」

我改變角度插入蜜壺深處……艾莎彷彿承受不住快感地用力甩頭，把自己弄得披頭散髮。

我抓住艾莎的雙手，粗暴地抽插著。每當她的身體產生震動，不願輸給重力、充滿彈性的兩顆乳房就隨之晃動，並飛濺著水滴。

「啊、咿、呼、啊啊啊啊！」

抓住美少女精靈公主騎士的雙手，欣賞其背部和臀部全力侵犯……這真是最極致的美景。射精慾望也不斷直線上升。不輸我積極扭腰擺臀的艾莎，模樣是既淫蕩又可愛。

我為了維持冷靜，低頭看向艾莎緊實的屁股，自然將目光對準兩坨嫩肉中間的黑穴。

難道說……我忽然有股預感。

不對，說起那個皇帝，把此事納入條件裡也不足為奇。

「艾莎……」

我在抽插之際，將上半身壓在艾莎的背上，於她耳邊低語著。

「什、什麼事~……？卡特~……？」

艾莎和我一樣不停擺腰，以沙啞的嗓音回應。

我在一陣猶豫後，下定決心開口說：

「要不要順便來試試肛交？」

「肛、肛交……!?所以是用屁股嗎……？」

「除此之外也沒其他了吧……就是我的○趴插進妳的屁股裡，然後在裡面射精。」

「不、不必這樣說出來啦……！話說你當真要那、那麼做嗎……!?」

「畢竟我也是第一次，不算有自信，但我相信現在應該能做到才對，再加上溫泉跟泡沫都能當成潤滑劑……」

「為何偏偏是屁股……啊、難不成……!?」

「嗯，皇帝很可能會要求妳這麼做。」

「那麼做不會痛嗎……？」

「有可能會痛喔。」

「嗚嗚，嗚嗚，嗚嗚嗚……」

艾莎露出欲哭無淚的表情，卻仍持續扭腰擺臀，最終有如屈服於性慾般輕聲說：

「是、是可以啦，但、但是我想確認一件事……不對，是兩件事……可以嗎……？」

「哪兩件事……？」

「首先是……這麼做能撫慰你嗎？會讓你舒服嗎……？」

「嗯，這部分我可以向妳保證。」

老實說這也是我第一次與人肛交，無法肯定是否會舒服。

不過一想到是和艾莎這樣的精靈美少女，而且不光是前面，包含後面也都品嘗徹底……單單這麼心想就讓我快繳械了。

若能征服艾莎渾身上下任何一處角落並獲得快感，感覺無論再疲倦都能獲得舒緩。

「另一件事就是……卡特你是因為喜、喜、喜歡我才想做這種羞羞事……？還是單純只求能活下去……!?」

「啥……？妳在說什麼啊？」

「快回答我……！拜、拜託你……！」

艾莎以不捨的嗓音喊完後，彷彿想以肉體尋求答案般更加用力地擺臀，陰道也隨之縮緊。

……儘管不懂艾莎的用意，卻能明白她是很認真在問這個問題。

既然如此，我也非得認真回答不可。

「……我覺得是各占一半。」

「……………！」

「若問我們是否只有肉體關係，老實說我無法提出反駁。不過……我今後也想占有妳，並且想珍惜妳，當然也希望可以解開所有詛咒。就算詛咒全數解開，我也渴望能繼續跟妳上床。」

「你、你是說真的嗎……？」

「沒錯，而且在與妳共度的這段日子裡我也漸漸感到開心，如果問我是否對妳有抱持好感……我認為是有的。」

感覺這樣的回答相當自私，不過這是我最坦率的心聲。

艾莎稍稍放慢動作，輕輕喘著氣說：

「嗯……我懂了……現在光是能聽見這些就足夠了……」

「…………」

「假如我很痛的話……拜託你別拖太久，一鼓作氣做到最後……」

艾莎用蜜壺含住我肉棒的同時，用雙手掰開自己的屁眼。

「我是因為你才答應的……換作是其他男人……我可絕不會同意喔……！」

「我、我知道了……」

我拔出自己的陰莖，領著艾莎來到浴池最深的地方，並讓她趴在該處。改在這裡就可以泡於水中做愛。

「開、開始囉……？」

「嗯……」

本來應該先用手指幫艾莎通一下屁眼，可是我想把艾莎所有的一切都據為己有的慾望實在太強，令我只想立刻進入重頭戲。

一如之前對艾莎說的，我期望溫泉能發揮出潤滑的作用……在水中將龜頭輕輕頂於艾莎的屁股上。

「唔……！」

即使艾莎再大膽，這也是第一次讓人用陰莖來接觸自己的屁眼，因此她忍不住發出害怕的呻吟聲。

「妳放心……把身體放鬆。」

「這、這樣嗎……？」

「嗯……那我上囉。」

語畢，我將完全翹起的肉棒，漸漸插進艾莎的屁股裡。

插入……插入插入插入……

「咿、咿咿咿咿咿咿咿咿咿咿咿咿咿咿！」

艾莎恐怕是想喊疼，卻咬牙拚命忍住呻吟。

她的屁股內部比想像中更滾燙、緊繃且狹窄，感覺像是用陰莖貫穿了好幾層肉。我才剛進去，就能感受到來自四面八方的壓迫。

「如、如何……!?全都……進去了……!?」

艾莎扭過頭，以近乎尖叫的嗓音詢問著。

「還沒有，只進了一半……」

「只有……一半……!?」

其實只有三分之一……

「嗚嗚，沒想到會這麼痛……總覺得屁屁……快裂開了……」

「要中止嗎？」

「沒、沒關係……你趕緊……插進來……！」

「好的。」

因為覺得拖太久反而更痛苦，於是我往前頂，能感受到充血的陰莖將艾莎的直腸給撐開來。

艾莎眼中含淚地忍住疼痛。

看來她是真的很疼……

「結、結束了……？」

「嗯……不過接下來才要開始辦正事，並非這樣就結束了。」

「唔、嗯……」

「妳有稍微習慣了嗎……？」

「稍、稍微一點……」

我相信艾莎的回答，慢慢地前後擺腰。

「啊、嗯，唔……」

艾莎發出生硬的呻吟聲承受著。看樣子痛楚尚未完全散去。

不過隨著陰莖的抽插，動作越來越流暢。除了溫泉如我所料地發揮潤滑的功能以外，說不定是艾莎的直腸也有分泌出腸液。

「啊、呼、嗯，雖、雖然還是很痛……」

「不過……？」

「不過好像……漸漸變舒服了……」

「那我就開始加速囉。」

「嗯嗯！」

我開始加大腰部擺動的幅度。儘管這樣能給人帶來快感，但是直腸內部縮得太緊，肉壁的皺褶也較為單調，相較於一般的性交方式是截然不同，感覺不會想經常體驗。

只是看著像艾莎這樣的美少女不斷扭腰擺臀，持續被我用肉棒貫穿菊花，就給人一種難以言喻的充實感。

「呼啊啊！呼啊啊！卡特……？你要去了嗎？能在我的屁股裡去嗎……？」

艾莎發出激烈的嬌喘聲，語氣不安地如此詢問。

我溫柔地摸了摸艾莎的頭髮，點頭說：

「嗯，就這樣繼續下去……」

「好的，我也會加油的……！」

艾莎配合我的動作開始擺臀。

我們全神貫注地撞擊著彼此……只剩下喘息聲與飛散的汗水。

我放縱心中的慾望將肉棒頂向艾莎，同時揉捏她的翹臀，或是用雙手一把抓住她的胸部並玩弄乳頭，用舌頭舔她的脖子以及與她接吻。

大概是這些小技巧成功奏效，艾莎的喘息聲越來越妖媚，而她自身似乎也已是性慾凌駕在痛覺之上。

「嗯！呼啊！卡特——！我好像能藉由這姿勢……高潮喔……！」

「妳覺得舒服了？」

「屁屁……被頂得越來越舒服……！啊啊啊……！」

「那我就……射在裡面囉？」

「嗯……射吧～……就用我的屁屁……高潮吧～……！」

艾莎激烈地擺動臀部。因為肛交而感到快感的精靈公主。以及因為每晚的做愛，讓她就連屁眼都嘗到肉棒滋味的我。

即使演變成這樣是事出有因……但依然令我非常興奮。

啪！啪啪啪啪！

「啊嗚～！這麼……激烈……！屁屁……好舒服……呼嗯嗯嗯嗯！」

我用力抽插的同時，從背後一把抱住艾莎，開始輕咬著她的耳朵。

「啊咿咿咿！你怎麼……偷咬我的耳朵～……」

艾莎似乎因為過於舒服，渾身不停顫抖著。看來對於精靈而言，耳朵完全是性感帶的聚合體。

我用嘴巴含住艾莎的耳朵，以雙手愛撫她的胸部、腹部以及屁股，雙腿磨蹭她的大腿，並持續用大鵰猛攻位於翹臀上的小洞洞。

「被你這樣……玩弄全身……！真的好舒服……！明明是用屁屁……做愛……！根本就不是……真正用來性交的……部位啊～……！」

艾莎似乎正在腦中想像自己放蕩的模樣，大聲對著上帝懺悔。

我也差不多瀕臨極限了。

「我、我射囉……！」

「嗯嗯嗯嗯！卡特～～～～！」

在兩股聲音重疊之際，艾莎的直腸用力一縮，帶來一股陰道完全無法比擬的緊繃感。

當然我再也忍耐不住，就這麼在直腸的最深處釋放精液。

「啊啊啊啊！湧進來了……有東西不斷注入……肚子裡～……」

艾莎全身抽搐，以屁眼感受著我注入精子的滋味，而且恍惚到從嘴角流下口水，勾出一條銀絲落入溫泉裡。

「呼～……呼～……」

我把肉棒從艾莎的屁眼裡拔出來。

只見原本像個洞穴般張開的紅黑色屁眼，隨著時間慢慢收縮。

等洞口恢復原來大小後，和溫泉交融的白濁液體從該處大量宣洩出來。

這光景當真是淫穢到無以復加。

「啊，呼～呼～……」

艾莎狀似體力耗盡，立刻雙腿一軟，整個人跌進溫泉裡。

## 6　逐漸改變的關係

（我、我跟卡特……用屁屁做那檔事……用屁屁……做那檔事了……！）

性交結束後，艾莎縮起身子泡在溫泉裡，跟卡特保持一小段距離。

儘管卡特仍在一旁，艾莎卻害羞到無法直視對方。每當卡特的裸體映入眼簾，她就會想起不光是自己的貞操，甚至連第一次的肛交都獻出去了，令她雙頰發燙到幾乎快噴出火來。

不過，在此之前有另一個問題……

（我、我竟然在一時衝動下，不小心對卡特說出心底話……）

在準備肛交前說出的那段話，瞬間閃過艾莎的腦中。

『卡特你是因為喜、喜、喜歡我才想做這種羞羞事……？還是單純只求能活下去……!?』

『我是因為你才答應的……換作是其他男人……我可絕不會同意喔……！』

說出那樣的話語，任何人都能明白自己對卡特抱持怎樣的情愫。就算卡特再不懂女人心，好歹也能聽出端倪。

不過，這是艾莎沒有一絲虛假的真心話。

艾莎在準備出征前目睹佩因和菲雅兒的那段插曲時，忍不住低語「畢竟大家都不希望見到重要之人喪命」這句話以後，她不得不承認自己對卡特的愛意。

艾莎在如此自言自語後，終於察覺對自己來說最重要的人就是卡特，並且同樣不願見到他喪命……

與『帝國』軍開戰後，儘管卡特打了一場漂亮的勝仗，但他在最後的最後是九死一生撿回性命。倘若艾莎沒在那致命一瞬間出聲提醒，卡特絕對會死於非命。

假如卡特在當時被標槍貫穿身體，就那樣死去的話……

即便那場戰爭結束了，上述想像依然在艾莎的腦中揮之不去，令她坐立難安……於是才跑來見卡特。

艾莎想慰勞因戰爭而疲憊的卡特是千真萬確。

當然她也很想繼續和卡特享受魚水之歡。

不過她最大的心願，就是陪伴在卡特的身邊，並且被他所需要……

正因為如此，她剛剛才有辦法下定決心將那個問題說出口。

明明自己已愛上卡特，倘若卡特單純是為了取勝，或是只想滿足獸慾才跟自己上床的話……這樣的結果就太空虛了……

（可、可是……我們當初就是這樣約法三章，事到如今卻是我想反悔，感覺實在是說不過去……）

艾莎將身體泡入溫泉至幾乎蓋過嘴巴的位置，側眼偷瞄卡特。

（不知卡特他……有何感受……？）

「我說艾莎啊。」

「什、什麼事……!?」

由於卡特突然開口，艾莎嚇得差點從溫泉裡跳起來……她的心臟強勁地跳動著，甚至無法好好呼吸。

卡特刻意不看向艾莎，像是想閒聊般詢問說：

「妳剛才之所以會那麼說……是因為喜歡我嗎……？」

「……！」

「假如妳不願回答也沒關係，只是……」

「沒、沒錯！」

回答的音量之大，就連艾莎自己也嚇到了。當然也無法否認現在的她近乎自暴自棄。

「我把你……視為一名異性喜歡著……我很高興能與你並肩作戰，也覺得跟你做羞羞事很舒服……不過在此之前，我已意識到你是一名男性……」

艾莎情緒激動地繼續說：

「當然我沒有忘記本來的目的，也覺得為了大家而履行使命是非常重要的……不過……！」

「這、這樣啊……」

「你、你這是什麼反應……！又不是我期望變成這樣的！在不斷和你並肩作戰與做羞羞事之後，不知不覺間就變成這樣啦……！」

我也明白這是很糟糕的藉口……但我實在止不住自己的嘴巴。

「你說的『各占一半』是什麼意思？這種態度確實很符合你的作風……與其說是令人恨得牙癢癢的，反倒讓我覺得舒坦多了！」

面對總是沉著冷靜、在戰爭中相當可靠、做羞羞事都會細心主導的卡特，也難怪自己會徹底愛上對方。

但就算這樣……

「也就是說，我和妳的這段關係可以維持下去嗎？」

「我剛才已經說過啦……」

艾莎說過目前僅止於此就足夠了……那句話並無一絲虛假。

不過她終究想和卡特成為兩情相悅的情侶，並非只為了獲得勝利或滿足肉慾，而是彼此的心靈緊緊相連在一起。

儘管兩人都是『帝國』的通緝犯，但一邊是精靈族的公主，另一邊則是人族的將軍，雙方在立場上有著明確的不同。

倘若卡特不想跟自己成為情侶，將此心意硬是加諸在對方身上似乎也說不過去……

艾莎的思緒亂成一團，就這麼陷入沉默。自己究竟該怎麼做，才能夠和卡特一起得到幸福……

卡特注視艾莎一段時間後，仰望著天空輕聲說：

「我明白了，我們就交往吧。」

「依你的個性，果然就是會這麼回答……啊、咦咦咦～!?」

「妳是在吃驚什麼……？」

「那個，因為……我沒想到你願意跟我……這是為什麼……!?」

「我說妳啊……以一般常識來說，哪個男人在聽見女孩子主動告白後，能夠當作什麼都沒發生般草草了事……」

「不、不過……我、我是很高興你給出這樣的答覆……但你怎麼會接受呢……？」

「的確繼續維持原來的關係是無所謂，可是我們將永遠只為了達成目的而上床，這情況會讓人感到很空虛且提不起勁。」

「…………」

「更何況妳已喜歡上我，繼續維持這種關係只會令妳感到痛苦。妳是精靈們的領袖，倘若因為男女情愛導致我們之間出現嫌隙，這次的結盟也將會破局。我不想基於這樣的理由在此戰中落敗，倒不如讓我們兩情相悅還比較好。」

「……！雖、雖說我早就知道你的為人……！你還真愛扯這些大道理耶……！」

「妳別誤會，我也一樣不討厭妳，要不然也不會給出這種答覆……」

「這、這樣的話我就不跟你計較吧……」

「因為妳在性交時的模樣，遠比平常坦率且十分可愛喔。」

「……！」

艾莎扭頭望向卡特……羞澀到總覺得體內的血液都快沸騰了。

「所、所以……我是你的戰友……同時也是愛人嗎……？」

「沒錯。雖然這麼形容是有些詭異，但就算這段戀愛是始於為了解開詛咒的肉體關係，不過偶爾還是會出現這種特例吧。」

「是嗎……？總之能聽見你這麼說，我就稍稍安心了……」

艾莎放鬆地把身體靠在岩石上……的確如同卡特所言，這段愛情的契機頗為奇妙，可是一想到現在的安心感，也就沒什麼好介意了。

「話雖如此，我們也得盡量別在外人面前打情罵俏，畢竟我們人族跟你們精靈族只是暫時結盟，大家或許還能接受我們僅限於肉體上的關係，但在看見我們過度交好，難保會對接下來的結盟產生不安。比方說……擔心我和妳在緊要關頭時，會拋棄所有人選擇私奔。」

「這、這點道理我也明白……」

「另外我們還是得找時間思考，等一切都結束後究竟該怎麼做。我目前是沒有太多想法……可是依照妳我立場的不同，終有一天得做出決定。」

「立場的……不同……？」

「人族與精靈族本來是互相敵對，現在就只是暫時結盟。儘管我眼下接受與妳成為戀人，不過更進一步的關係……該怎麼說呢？我還是想再花點時間考慮。」

卡特恐怕是顧慮到至今與精靈族之間的戰爭，才會說出這句話。

說起精靈族，絕大多數都對武力侵略並迫害自己的人族恨之入骨，更別提曾經擔任人族軍隊指揮官的卡特。反觀人族也將精靈族蔑稱為『蠻族』，大多都會把精靈當成物品看待。

假如不同種族的兩人想共度此生，今後的人生之路恐怕會非常坎坷。

即使是艾莎，現在也還沒做好向卡特詢問這件事的覺悟。

「這我也知道……但在這場戰爭結束之前，我都可以待在你的身邊吧？」

「當然可以。」

「好的，以目前的情況來說，我也覺得這樣就好……」

語畢，艾莎起身準備走向洗滌區的瞬間……

傳來一陣清脆的碎裂聲響，她大腿上的裝束裂成兩半。

「咦……」

裂成兩半的裝束在溫泉裡發出光芒，並噴出蒸氣產生氣泡。

「卡特，這是……」

「看來剛才的玩法裡有包含解除條件，而且十之八九就是……」

「屁屁對吧……」

艾莎下意識地摸著臀部。換言之，卡特猜得完全正確。

「不、不過這莫名令人生氣……！總覺得把我和你方才的談話全都毀了……！」

「反正有達成詛咒條件終究是好事。裝束只剩下三個，終於解開一半了。」

「這種事我也知道呀！可是……！」

難得自己在這次的羞羞事裡變坦率點，卻因為解開詛咒的關係，讓整件事彷彿淪為解開詛咒的作業……儘管自己也說不清心中的感受，總之就是覺得忿忿不平。

卡特注視艾莎一陣子後，揚起嘴角說：

「那就重新再來一次吧。」

「你這句話是什麼意思……嗯嗯嗯！」

卡特突然強吻艾莎……艾莎也立刻接受，主動和對方舌吻。

兩人自然而然地伸手摸向對方的下體。艾莎沉浸在被人玩弄雙峰而如痴如醉的快感之中，並繼續跟卡特接吻，同時愛撫他的陽具。

「嗯……親……呼……噗親……噗呼……卡特你也真是的……」

「畢竟還有其他在浴室裡的普通玩法尚未嘗試過。想說機會難得，就趁現在一併解決吧。搞不好還能順便滿足第四個條件……」

「唉唷，瞧你說得口是心非……你不是很排斥這種為自己找藉口的事情嗎？」

「我並沒有排斥啊，反正能當成跟妳做愛的藉口即可。」

「你這個人還真是……」

艾莎傻眼地咕噥著，但很快就主動向卡特索吻，徹底沉浸在接下來的魚水之歡裡。

# 第四章 精靈公主與將軍的全新羈絆

## 1 起床口交

我在悅耳的鳥鳴聲中慢慢甦醒。

自窗戶射入的朝陽異常耀眼。

在恍恍惚惚的思緒之中……至少能確認我正睡在自己的床上。

……沒錯，歷經昨日與『帝國』軍的大戰，我和艾莎在澡堂裡肛交，然後就這麼結為情侶……

於澡堂結束一般的性行為後，我們又回到我的臥室裡再戰一回合……便直接睡在一起。

在我即將睡著之前有看見艾莎的睡臉，那模樣真的是非常可愛且惹人憐愛。

其實我是第一次見到這樣的艾莎。原因是每次做完愛後，她都一定會返回自己的房間。

不過昨天……

「嗯……？意思是艾莎還在這個房間裡……？」

要是被人撞見的話，老實說是挺不妙的。於是我打算立刻叫醒艾莎……在我如此心想的剎那間，忽然察覺下半身似乎有異樣。

我的兩腿中間……準確說來是陰莖傳來一股令人渾身酥麻的快感，以及像是有人正在用舌頭舔東西，聽起來莫名下流的聲音。

咦，難道是……!?

「嗯……呼……親噗……舔……親……嗯呼……」

「艾、艾莎妳……！」

「嗯……呼哈（早安），哈喝（卡特）……」

仍是一身睡衣的艾莎，正溫柔地來回舔著我的陰莖。

這正是所謂的『起床口交』。

艾莎似乎做了好一陣子，我的陰莖已完全硬挺。

面對暫時說不出話來的我，艾莎暫時將嘴巴移開我的陰莖，不滿地抱怨說：

「都怪你怎麼叫都叫不醒，所以我只能採取強硬手段……天亮囉，卡特。」

「我已明白妳的理由……不過妳的強硬手段還真大膽耶……」

「畢竟用一般方式叫醒你實在太沒意思了，當我一把被子掀起後，發現你的下面精神飽滿到看起來非常痛苦，那個……似乎想發洩一下……」

「這對男人而言十分正常！是單純的生理現象！只需置之不理就會自然恢復了！」

「這、這樣啊……沒想到男人也挺辛苦的……」

艾莎露出莫名感慨的表情。算了，憑她那種偏頗的性知識，不知道男人的生理現象也是理所當然。

「親……舔……親……舔……嗯……」

結束對話後，艾莎繼續幫我口交，用舌頭舔著我的陰莖。

能感受出她的技巧比上次進步了。

她準確地舔向我會感到舒服的部位，比方說龜頭、陰莖軸、尿道口下側跟陰囊等等。

艾莎的舌頭既溫暖又有些粗糙，害我一不小心就快繳械了。

每次尿道口附近被她舔或親吻時，我都會感到渾身酥麻，射精慾也隨之大幅高漲。

「舔……舔……親……卡特，舒服嗎……？」

「很舒服……不愧是艾莎，被我調教後就是不一樣。」

「嗯……你、你怎麼會……親……這麼說嘛……舔……我、我可是為了讓你舒服……嗯……才這麼做喔……」

艾莎在服務我的同時，十分努力地訴說著。

「親……我們可是好不容易……才成為情侶喔……舔……舔……」

情侶……確實我們已變成這種關係了。我昨天對艾莎說的那段話沒有一絲虛假。雖然不知能和艾莎在一起到什麼時候，不過在此之前就好好去享受這段關係即可。

至於其他問題……眼下就先別想太多吧。

畢竟我們現在非得設法活下去不可……

當我如此思索之際，艾莎的服務已迎向最高潮。

她在嘴裡儲存大量唾液，像是吃棒棒糖那樣將陰莖含入口中，並上下移動嘴巴磨蹭陰莖軸。

儘管偶爾會碰到牙齒，讓人覺得有點痛，卻也算是一種刺激，一想到艾莎用她那潔白健康的牙齒接觸我的陰莖，就會令我產生快感。

「嗯、親……親……舔……吸、吸、吸……」

艾莎用沾滿口水的嘴巴刺激整個龜頭，甚至開始吸吮它。

糟糕……艾莎的下面是很舒服，但這也有不同的魅力……！

「艾、艾莎……！我要射了……！」

「嗯呼！嗯嗯嗯嗯！」

我在艾莎的嘴裡射精……她堅定地全盤承受，在嚥下之後，還將殘留於尿道內的精液……仔細地吸出來，並通通喝下去。

「嗯……咳咳，咳咳……還是噎到了……這東西老是哽在喉嚨上，算不上是好喝耶……」

艾莎皺起柳眉，從嘴角流下些許精液與唾液交融而成的汁液。

「那妳別嚥下去就好啦……」

「可、可是直接讓它噴出來，會害你我的內衣褲從一早就髒兮兮的喔！而且床單也一樣……啊！對了，你至今做完羞羞事以後，床單有沒有……」

「妳放心，我沒有交給其他人，都是自己親手洗乾淨的。不過佩因早就察覺了，因此天曉得已有多少人聽說……」

艾莎滿臉羞紅地陷入沉默……她害臊的模樣當真是十分可愛。

乾脆就這樣再戰一場……但大概是一連做了兩日的關係，而且剛才那一下已將精液噴得差不多，只見陰莖很快就縮小了。

艾莎仔細觀察完後，忍不住低語說：

「每次看完都覺得男生的小◯雞好神奇……能夠那樣忽大忽小……人體真是神祕耶……」

「若要這麼說，我們男人才覺得妳們女性的身體非常神祕喔。聽說女性在做羞羞事時感受到的快感，完全不是男性所能比擬的。」

「是這樣嗎……？算了，總之看你有發洩出來就足夠了。」

艾莎用手帕擦了擦嘴巴後，心情大好地爬下床。

「我肚子餓了，一起去吃早餐吧。」

## 2 精靈與人族

哈爾施塔特城的餐廳有一側恰好面向一樓中庭。在這個座位多達五百席以上的大餐廳裡，天花板距離地面超過十公尺。只見天花板上吊著好幾盞絢爛華麗的水晶燈，周圍的牆壁上則有鎧甲、長槍以及鹿頭骨等裝飾。

當我和艾莎走進餐廳的瞬間，原本相當熱鬧的室內立刻變得寂靜無聲。

在餐廳一隅的座位上用餐的佩因與親衛隊員們，都露出微妙的表情陷入沉默。精靈們也同樣不發一語，其中還包含那位個性古板的優妮絲。

「怎、怎麼回事……？」

艾莎不安地喃喃自語。我便向佩因詢問說：

「……這是怎麼了？佩因。」

「主帥，很抱歉從一早就這樣打擾您，不過大家有一件事想對您說。」

「有事想對我說……？」

下一秒，在座的所有人都同時起身。

接著大家動作整齊地將左拳捶向右胸。這是『帝國』軍的敬禮姿勢。不光是佩因等親衛隊員們，就連精靈們也做出相同的動作。

佩因扯開嗓門用震耳欲聾的音量吼出口令，其餘人等則跟著大喊。

「叛軍指揮官馬克斯．柯涅爾斯．卡特．杜里馮將軍！」

『叛軍指揮官馬克斯．柯涅爾斯．卡特．杜里馮將軍！』

「恭喜您大獲全勝！」

『恭喜您大獲全勝！』

接著現場恢復寂靜，沒有一人發出聲音，更別提做出其他動作，眾人皆彷彿雕像般佇立在原地不動。

我和艾莎都暫時目瞪口呆，但我很快就看出此儀式的用意，感到有些無言地向佩因詢問。

「喂，佩因……」

「主帥，請您先同意讓大家就座。」

「唉……我明白了。謝謝各位，我們之所以能平安迎接今天，都是拜大家的努力所賜，今後也請各位多多指教……都坐下吧。」

眾人整齊劃一地坐回椅子上。

不過這種嚴肅的氣氛很快就迎向極限，只見有幾人輕笑出聲，接著現場很自然地變成哄堂大笑。

我也忍不住露出苦笑，再次對佩因說：

「喂，佩因，這樣害我出糗很有意思嗎？」

「主帥，身為指揮官就必須接受眾人的感謝與尊敬，請您至少今天稍微忍耐一下。」

「真是的……我已明白大家的好意。那我就再道謝一次吧。謝謝各位，另外拜託大家趕緊變回跟平常一樣就好。」

我像是投降似地抬起雙手說完後，又惹得眾人開懷大笑，接著在座的精靈與人族們再度開心聊天。

我帶著艾莎在佩因的身旁坐了下來，首先便是找佩因算帳。

「喂，佩因，剛才那一齣是你搞的吧，而且還給精靈她們添麻煩。」

「任何事情都應該有始有終，而且我相信大家都不會對此感到排斥才對。」

照此情況看來……大家是單純想對我表達感謝之意。

儘管頗令人困惑，卻也感到挺開心的。在昨天打下一場勝仗之後，叛軍全體上下是更加團結，精靈們也算是對我產生些許的忠誠心。

「艾莎，妳知道這件事嗎？」

「我、我完全不知道……話說佩因呀，你怎麼沒告訴我呢？我好歹也是精靈們的領袖喔……」

「因為大姊您跟主帥太親近，感覺一不小心就會穿幫，所以……」

「所以由我代為傳達給精靈們知道，並徵得大家的同意。」

「菲雅兒……!?」

艾莎詫異地轉身看向背後，只見菲雅兒在不知不覺間已走了過來。

「早安，艾莎大人。」

「早、早安……原、原來是這樣呀……」

菲雅兒有著姣好的外貌與優雅的氣質，在精靈之中的人望僅次於艾莎。既然這件事得瞞著艾莎，確實由菲雅兒來負責是最為適合。

菲雅兒欣喜地點頭說：

「是的……！而且這可是佩因大人的請託……！只要佩因大人有任何需要，菲雅兒我即便是賭上性命也在所不辭！」

「那個，菲雅兒大小姐？我昨天才拜託過您盡量別再說這種話……」

佩因好言相勸，菲雅兒卻當作耳邊風般露出笑容可掬的模樣。看來她當真深愛著佩因。

「另外……艾莎大人看見大家如此愛戴杜里馮大人，相信會感到驚喜才對。」

「也、也對，看見卡特得到大家的稱讚同樣會令我感到開心……咦，妳在讓我說什麼啊！菲雅兒！聽著，我跟卡特是……」

「您不必隱瞞沒關係，我早已知曉您與杜里馮大人關係親密了。」

「咦……!?」

「對吧？佩因大人。」

「啊～那個，嗯……」

佩因抓了抓後腦杓的頭髮撇開目光。看來消息是源自於這傢伙。

「喂，佩因，我不否認方才的內容，可是消息傳遍叛軍內部將會引發問題。尤其是在統御精靈們這方面。」

「請放心，此事只有我們知情。」

「你這傢伙還真叫人大意不得耶。」

「就是說呀……」

我與艾莎雙雙發出嘆息……但因為過於有默契，我和她連忙將目光撇開。佩因跟菲雅兒見狀後，都忍不住笑了出來。

「真是的……對了，佩因，交代你的事情辦妥了嗎？」

「差不多都完成了，相信明天就能向您報告。」

我委託佩因的事情，就是叛軍今後的作戰計畫。

關於我軍重整態勢後向北前進，於短期內穿過『帝國』本土前往『蠻族』領地……上述方針截至目前沒有變化。

不過前往『蠻族』領土的途中，需要行經哪條路徑、在哪休息、在哪調度糧草等等……無論如何都需要更具體的內容。

因此我將這部分交由佩因等人去安排。

「眼下並沒有遭遇多少問題。糧草方面儲備得相當順利，並且與各地商人取得聯繫，談好在途中交易。至於搬貨用的馬車已委託精靈們幫忙製作，預計有幾十輛將於一週內完工。」

我軍北進原則上會採取徒步移動，至於手邊的三百多匹馬必須用來搬運物資，另外馬匹同樣需要食物。

「由於季節正值初夏，道路狀況十分良好，只要沒有敵軍的追擊或交戰，預計一個月內即可把精靈們送回故鄉。」

「敵軍……『帝國』軍有何動向？」

「現在是沒有任何動作……不過單單一戰就導致一支軍團全軍覆沒，似乎超出他們的想像，因此首都內是人心惶惶，甚至有部分的元老院議員們打算勸諫皇帝別再出兵攻打叛軍……」

「各地都市呢？」

「說起此事，因為消息太少，民心比首都是更加恐慌。比方說叛軍的兵力高達十萬、統領上百頭凶暴的魔物等空穴來風的傳聞……不過這些都是我們流傳出去的。」

「假如沒變成這樣，才令我傷腦筋呢。」

我揚起嘴角狡黠一笑。必須利用這類傳聞令各地執政官對我軍聞風喪膽，我軍才能夠迅速逃往『蠻族』領土。

「我軍大概多久能北進？」

「簡單估算一下，可能需要十天的時間。」

「就按照這樣下去。艾莎，可以麻煩妳請所有的精靈也來幫忙做準備嗎？唯獨這件事，光靠我的親衛隊實在是忙不過來。」

「我們當然很樂意幫忙。我這就吩咐下去。」

艾莎喜上眉梢地說著。她在得知回到北方……返回故鄉一事已不再是夢想後，應該是很高興吧。

我不禁鬆了一口氣，將身體靠在椅背上。

「關於北進一事，佩因將在明天完成企劃書，所以今天沒有公務需要處理。想想才剛歷經一場大戰，就讓所有人稍微放鬆一下。」

艾莎跟佩因聽完後皆點頭回應，在準備結束交談之際——

「那個……其實我有一個提案，不知是否方便說出來？」

菲雅兒舉手從旁插話，我點了個頭請她繼續說下去。

「我軍再過十天就將啟程……並預計明天起著手出發的準備，到時將無暇處理其他事情……是這樣沒錯吧？」

「嗯，關於這部分，妳有什麼提議嗎？」

「是的，我想說要好好把握今天的時間，舉辦一場能成為美好回憶的活動。」

「能成為美好回憶的活動……？」

「全體精靈已深刻明白，杜里馮大人為了把我們送回故鄉是費盡心力。」

因此請您別誤會……菲雅兒以上述意思為開場白繼續說下去。

「不過離開此地之後，難保半途會發生變故。就算途中沒有與敵軍交戰，也有人可能因為疾病跟傷勢而不支倒下，或是基於其他理由不得不放棄返回故鄉的念頭。另外我們在重獲自由後便立刻備戰，在這裡從沒有過身為人類應有的交流。明明我們都已跨越種族的隔閡同在一起，著實令人感到惋惜。」

人類是靈長類的統稱，包含人族、精靈族以及居住於邊境深處的矮人族與棕妖精族等等。

的確一如菲雅兒所言，我們來到這座城堡之後都一直在備戰，除此之外沒有過任何活動。

像我截至昨日以前，都是為了打勝仗活下去才跟艾莎上床，而不是因為愛她。

這樣的心態可說是非常重要，只求生存而活真的是太空虛了……

儘管人族與精靈族是不同種族，並且處於敵對狀態，但只要彼此合作去完成某個目標，仍有可能孕育出全新的羈絆。

就像我和艾莎之間的關係。

因此菲雅兒的這個提議，深深打動了我的心。

外加上我與艾莎已是情侶，如果可以的話，我是想和她創造出除了戰爭以外的回憶……

「原來如此……但我實在想像不出符合『能成為美好回憶的活動』，妳有什麼好點子嗎？」

「真是非常抱歉，雖然是我提議的，我卻同樣沒有任何靈感……」

「……來舉辦祭典如何？」

艾莎豎起一根纖細的指頭提供意見。

「大家一起享用美食、玩遊戲以及唱歌，最後圍著篝火開心跳舞。至少我的故鄉是這麼舉辦祭典的。難得能放假一天，這座城堡又有個遼闊的庭院……你覺得呢？」

最後那句話是對我說的。

感覺上……她也想跟我共創特別的回憶。

不出所料，佩因歡欣鼓舞地表示贊成。

「這主意很好喔！精靈族和人族一同在這座城裡舉辦祭典，聽起來肯定非常有趣！我也會大展身手製作各種美食！主帥，就這麼辦吧！」

「這個嘛……」

我露出沉思的模樣低語著，但其實內心早已有答案了。

反正明天才會制定好行軍計畫，以此方式來利用這段時間也無傷大雅。

況且我也同樣想跟艾莎創造一段特殊的記憶。

等我回神時，才發現不光是佩因、艾莎和菲雅兒，就連周圍的精靈跟人族們都希望我能點頭同意。

我先與艾莎對視，很有默契地同時點頭後，便以輕鬆的語氣說：

「我明白了，今天就來舉辦精靈族和人族的聯合祭典吧。」

## 3　打野炮

艾莎和菲雅兒將舉辦祭典的消息傳達給精靈們獲得一致通過。看來精靈們也渴望有一些娛樂活動。

於是我們立刻著手準備祭典。精靈那邊依部族分組，各自準備一些餘興表演。表演內容無論是美食、變魔術、歌唱或舞蹈等，只要具備娛樂性質都可以。祭典預計於下午開始，大家在此之前先去做好準備。

這場祭典就在缺乏時間與物資的情況下展開，老實說我不認為這活動會進展得非常順利，不過此次講求的是及時行樂，只要大家玩得開心就好。

我跟佩因等親衛隊員們也一同幫忙準備。

在精靈們準備表演的同時，我們就負責打造適合表演的舞臺。至於所需的建材，則是取自用來修補城堡而存放於地下室的木材。由於我們在以往的戰爭中，經常就地取材搭建簡易營地或指揮所，因此這點小事根本難不倒我們。

於是我便隨著佩因等人一同搭建舞臺……

「居然真的有舞臺耶……比想像中正式呢……」

艾莎吃驚地說著，只見她雙手捧著好幾種布料。

「是啊……倒是妳在做什麼？跟那些布料有關嗎？」

「我們條頓堡族決定表演戲劇，所以得製作需要的戲服。幸好城裡的倉庫內有存放布料。」

「喔～……戲劇嗎？居然選擇這種費工的表演方式。」

「精靈族裡有流傳幾十種民俗傳說（folklore），我們決定挑選其中一個來表演。在條頓堡族的祭典上，自古都會表演與民俗傳說有關的戲劇。」

「妳也會上臺表演嗎？」

「那當然囉。」

「角色呢？想想妳是部族的公主，肯定是擔任女主角吧……」

「是、是啊，真虧你能猜出來呢……」

艾莎的神色略顯複雜，似乎對於角色的分配有異議。

「其、其實我有婉拒過，可是大家一致希望我擔任女主角……我才不得不……答應的……」

「聽起來很不錯啊，我也十分期待妳的表演喔。」

「……！謝、謝謝……你的聲援……我心領了……」

艾莎羞澀地將臉撇開，她這種不坦率的反應倒也非常可愛。

「妳找我有事嗎？」

「啊、嗯，有些飾品光靠手邊的材料無法製作，因此打算去鎮上採買一下，本想來這裡找人擔任護衛，不過看你們好像都在忙……」

「需要護衛去哈爾施塔特鎮採買嗎？無妨，我陪妳去吧。反正就算沒有我，也不會對搭建舞臺造成影響。」

哈爾施塔特鎮就位於湖泊的對岸，徒步前往約莫需三十分鐘，沿途幾乎都是走在森林裡，艾莎是為了以防萬一才想來借人手吧。

艾莎聽見後，隨即露出燦爛的笑容。

「謝謝！不愧是卡特，真是太可靠了。」

「妳這樣奉承我也得不到好處喔。想說機會難得，我可以跟妳去鎮上約會。」

「……！就、就是說啊，你可要好好感謝給你這個機會的我喔……！」

「這才是妳真正的目的吧？我早就看出來了。」

「……！」艾莎被我一語道破後，當場倒吸一口氣。

她見我促狹一笑，懊惱地瞪我一眼說：

「唔……是、是沒錯啦……你這個人還真是善解人意啊。」

「大家經常這麼說我。」

三小時後，我與艾莎完成前往哈爾施塔特鎮採買的工作，走在通往城堡的林間步道上。

這趟上街採買當真是很開心……我們首先前往鎮上的飾品店購買所需物品，接著就在街上逛逛，找了間氣氛不錯的咖啡廳吃午餐……然後踏上歸途。

我們本該是採買完後就得回去，不過佩因他們出於貼心，便提醒我們稍微晚點回去也無所謂。艾莎表示她來找我之前，精靈們也對她這麼說過。

因為我們提早吃午餐，所以目前才剛過中午。這條步道位於綠意盎然的樹林間，多虧自樹葉縫隙間灑落下來的陽光，讓這裡一片明亮。

「啊～！玩得真開心，逛逛人族的城鎮也挺不錯呢。」

這趟採買順利購得所需的物品，艾莎興高采烈地說著。

「雖說精靈村也有不少地點能逛……卻不如人族城鎮這般光鮮亮麗。另外這裡不像隆迪尼翁那樣擁擠，反倒更讓人放鬆……」

相較於首都隆迪尼翁，哈爾施塔特鎮根本是窮鄉僻壤，就連街景都顯得有些樸素，不過氛圍上和精靈村有些相似。大概是基於這個緣故，艾莎才對此處有股親切感。

「精靈村……不知條頓堡族的村落現在怎麼樣了。」

我還沒把話說完，就已驚覺自己失言。畢竟艾莎的故鄉之所以慘遭摧殘，罪魁禍首就是我所率領的軍團……

艾莎似乎也想起此事，神情蒙上一層陰影。

……無論從哪個角度來說，這一切都是我造成的。

「……抱歉，我竟然說出這麼不經大腦的話，請接受我的道歉。」

「沒、沒關係啦……畢竟是爆發戰爭，而且我明白你不是自願那麼做的。」

「妳為何能這麼篤定？」

「待在你的身邊就知道了。你不是只因為彼此隸屬於不同種族，就會殘忍傷害對方的那種人。」

「…………」

「另外……精靈族那邊也並非全是壞消息，聽說近來與人族之間的戰爭有逐漸取得優勢吧？原因是你遭到逮捕，你率領的軍團也被迫解散。一度被你占領的我族領土，好像幾乎都被我族收復了喔。」

「妳的消息真靈通耶，是從哪打聽來的？」

「當我成了俘虜之後，是其他同樣被『帝國』抓走的精靈們告訴我的。因此你跟我同樣淪為奴隸一事，對我們條頓堡族來說是個好消息。」

「這還真是諷刺呢。」

「但也有好處喔，到時你跟我回到精靈村之後，也就不會受到過於強烈的批判。」

「那倒也是。」

我回以苦笑。畢竟在排除萬難抵達精靈村時，倘若艾莎因為跟我結盟而遭拒絕入境的話，一切努力就等於白費了。

「但若要說我其實並不期望戰爭的話，這句話就不對了。」

「此話怎說……？」

艾莎詫異地看向我，眼中單純布滿好奇的色彩。

……把這件事告訴她應該也無所謂。

我抬頭從枝葉的縫隙間仰望天際，開始解釋來龍去脈。

「我老爸和我同樣是『帝國』的將軍，跟我一樣輾轉征戰各地，並取得眾多優異的戰果，於是被民眾捧為名將，說穿了就是世人眼中的英雄。」

「令尊跟卡特你一樣……？」

「嗯，他名叫馬克斯・柯涅爾斯・卡特・凱薩流斯，除了號以外都和我相同……換言之就是同名同姓。因為單以名字稱呼很難分辨，所以外界將老爸稱為大卡特，我則是稱作小卡特。」

「……！」

艾莎顯得相當吃驚，狀似頓悟什麼般看著我。

她恐怕已經察覺我的同伴們之所以用號『杜里馮』來稱呼我，與我接下來要說的內容有所關聯……

我沒有放在心上繼續解釋。艾莎的反應在我的預料之中，再加上此事終有一天非告訴她不可。

「雖然老爸……大卡特是受民眾愛戴的英雄，在我眼中卻是最差勁的父親。他在家就是成天飲酒，對我和老媽只有無止盡的謾罵跟動粗，而且身邊有許多情婦……我猜他可能因為戰爭與透過戰爭被人當成英雄的緣故，才將壓力發洩在其他方面。」

我回想起老爸的模樣。

他從戰爭中凱旋歸來後，遊行時以英雄之姿對著夾道歡迎的民眾揮手致意。

遊行結束的當晚，就將自己在戰場上的壓力發洩在我跟老媽身上。

因此我無法認同他。真要說來是豈能認同這種人。

無論是以一名英雄而言，或是以一名父親來說。

我絕不容許這種男人就是所謂的英雄……

「我為了讓老爸對我另眼相看，便拚命用功念書，加入軍校後也以最頂尖的成績畢業。畢業後就以百人隊長跟千人隊長的身分參加了多場戰役。拜此所賜，我才剛滿二十歲，便以最年少的將軍之姿率領軍團。」

艾莎不發一語地望著我。

忽然間，右手傳來一股肌膚的觸感，只見艾莎伸出左手牽著我。這舉動彷彿想對我說……她就在我的身邊，也完全認同現在的我，所以儘管把話說下去。

「愛說閒話的人們經常嘲諷我是沾了老爸的光才飛黃騰達，不過這對我來說都無所謂。因為我唯一想做的事情，就是站上與老爸相同的地位，展現出在他之上的軍事才能。」

「……那個，令尊現在怎麼樣了……？」

「老爸五年前在占領南方『蠻族』領土的慶功宴上喝得酩酊大醉，從橋上摔進河裡淹死了。簡直是蠢到無藥可救的男人。總之，真相被官方隱瞞下來，對外宣稱他是與敵軍激戰時光榮捐軀。」

我揚起嘴角露出嘲笑的表情。如此死法怎麼想都是丟臉到家，完全不值得同情。

「因此，『帝國』直到現在仍把老爸當成英雄，而我則是他的兒子，隨時隨地都會被人拿來比較。與老爸頗有交情的執政官或將軍，每次看我領軍作戰時總會指責說『換作是大卡特就會這麼做』、『換作是大卡特就不會這麼做』等等，讓人是煩不勝煩。」

我忍住嘆息的衝動。儘管我這麼抱怨，不過想和老爸一較高下的人，說穿了就是我自己，所以也怨不得別人。

「因此說我沒有主動去追求戰爭是不對的，我是為了讓老爸另眼相看，換言是為了自己的尊嚴而追求戰爭。」

「…………」

「我就是為此揮軍前往『蠻族』領域，侵略你們精靈的領地。所以看在你們的眼中……我算不上是無辜之人。」

我把話說完後，心驚膽顫地扭頭望向艾莎。

艾莎用她那雙鈷藍色的眼眸注視著我，從中散發出來的情緒並非憤怒或哀傷……而是只有柔情和慈祥。

艾莎像是整理好心情般輕輕呼出一口氣，微微點了一下頭說：

「這些話明顯很難向人啟齒，謝謝你願意告訴我……」

「…………」

「所以諸如佩因等與你熟識的人都不會以卡特來稱呼你，而是稱作杜里馮吧。若是稱為卡特，聽起來就會跟令尊一樣……」

「……可以這麼說。」

在『帝國』的上流社會裡，父子同名同姓是很常見的。

我就是很排斥這點，才會拜託對方以杜里馮而非卡特來稱呼自己。畢竟我……

不太喜歡與老爸使用同一個名字。

「那你為何都讓我用卡特來稱呼你呢？從我與你在戰場上交手那時開始，都一直呼喚你為卡特……」

「關於姓名一事，終究是我個人的問題，與你們精靈族一點關係都沒有。拿這種瑣事去要求跟自己廝殺的敵人，未免也太厚臉皮了。」

語畢，我有些害臊地對艾莎說出心底話。

「而且只有妳一個人在呼喚我真正的名字時，並沒有一絲其他的意思，這對我來說是很開心的一件事。」

「咦……」

艾莎露出十分詫異的表情……在明白我想表達的意思之後，便害羞地低下頭去。我也不由得把臉撇開。

取而代之，我回握住艾莎的左手。她在感受到後，同樣握住我的手，以十指緊扣的方式牽著彼此。

我倆就在這種甜蜜的氣氛之下牽著手往前走……

「嗯，能聽見你這麼說我也很高興，所以我就坦率接受吧……」

「唔、嗯……」

「在聽你解釋的時候，其實我也想了一下，懷疑唯有自己以卡特稱呼你當真沒關係嗎？我會不會在不知不覺間傷害了你？是否應該跟佩因他們一樣稱你為杜里馮……」

「…………」

「不過聽完你說的話，我覺得自己還是不該改口，因為我想一如往常那樣以卡特來呼喚你。畢竟卡特就是卡特，這個稱呼更令我感到習慣又輕鬆。」

「感覺最後那句才是妳的真心話。」

「你看你，又在那邊數落我了……！」

艾莎晃動著她的雙馬尾開始在鬧脾氣。這模樣還是非常可愛。

「……而且這樣讓我明白了你的過去。你放心，我不會因為這番話就討厭你。畢竟我與你頗為相似……可以理解你的心情。」

「與我頗為相似？」

「精靈族的人也是百百種，像我這樣主張與人族開戰的精靈是少數派，事實上主張避免與人族開戰的反戰派才是占大多數。理由是隨著交戰次數的增加，人族往往會感情用事，進而更容易發動侵略。」

「這是哪門子的歪理。因為是妳，我才說老實話，『帝國』根本沒有將精靈的想法納入考量，純粹是為了領土跟奴隸才出兵的。」

「我也是這麼認為，偏偏絕大多數的精靈都排斥爭鬥，覺得只要能在森林裡活下去就足夠了……因此我以條頓堡族的公主身分領軍開戰時受到不少批判，其中又以我的雙親更是如此……」

艾莎罕見地露出一個苦澀的笑容。

她是條頓堡族的公主，至於雙親就是該族的族長與其妻子。

渴望談和的族長與主張開戰的女兒……父女反目可說是顯而易見。

「……基於這個原因，我吃了不少苦。不過我也覺得自己過於固執……甚至迫使大家配合我的一意孤行，這讓我感到十分抱歉。」

「想要守護故鄉是人之常情，我認為妳做得很對。」

「……謝謝，能聽見曾為敵手的你這麼說，讓我莫名有種得到救贖的感覺。」

語畢，艾莎抬頭對我柔柔一笑。

「所以我才會說我們有些相似……你也不必對以前的事情過於內疚。我相信你就是基於這樣的個性，才不惜起義反抗『帝國』，並且願意跟我們站在同一陣線。」

……對於這番說詞，我完全無意否認。

對我而言，將老爸視為英雄的『帝國』與牢籠無異，因此我毫無一絲愛國心，外加上皇帝昏庸到令人髮指的地步。

促使我掀起這場叛亂的動力，的確就是我對『帝國』的反感。至於另一個主要的理由，就是我想給那個欠揍皇帝一點顏色瞧瞧。

「重點是我們已結為情侶，本該分擔彼此心中的苦楚……對吧？卡特。」

「……說得也是。」

我與艾莎四目相交，深深地點了個頭。

或許是我和艾莎十分相似，才會在戰場上相遇，成為起義的同志，並且互相吸引也說不定。

所謂的命運，大概就是指這種情況吧……

等我回神時，我才發現自己和艾莎像是想確認彼此的存在般，緊緊握住對方的手。

在結束對話的下個瞬間……我才猛然意識到自己跟艾莎是第一次牽了那麼久的手。

就算沒被其他人撞見，但說自己不害羞肯定是騙人的。艾莎似乎也想到同一件事，隨即雙頰泛紅，心不在焉地看著其他地方。

「……反、反正我們已是情侶，在這裡也不會被其他人看見。」

「對、對呀……！我也是……這麼認為……」

「不會被其他人看見……」

現在確實是打情罵俏的絕佳時機。即使有人接近，樹林裡隨處都能供人躲藏。

就在這時，我腦中閃過一個念頭。

……此刻說不定算是個大好機會？

依照那個皇帝的性情，即使他想做這種事也不足為奇。

我猶豫了幾秒後……認為眼下的氣氛應當沒問題，於是對艾莎說：

「那個，艾莎……」

我們來到與步道有段距離的針葉樹下，艾莎被我從後側伸進衣服裡撫摸胸部的同時抗議說：

「等……你確定要在這裡做嗎……!?」

「即使……嗯！皇帝可能會想這麼做……啊嗯嗯！哪有人……直接在戶外嘛～……」

艾莎一被我玩弄乳頭，漸漸發出夾帶情慾的聲音。明明嘴上對於接下來的行為表示質疑，身體卻不曾從我的懷裡退開。

「又沒關係，反正這條步道人煙罕至……」

「可是～……」

「況且皇帝想強迫妳在戶外做愛，老實說並不令人意外。比方說等隆迪尼翁入夜後，就用鐵鍊牽著妳在街上閒逛。」

「讓、讓我全裸……在入夜的城裡走動嗎……!?啊嗯嗯……！」

「這玩法有多種稱呼，諸如戶外做愛或打野炮等等……總之包含在解除條件裡也不足為奇……就趁此機會來試試看吧。」

「我、我知道了……！不過，我該怎麼做呢……？」

「妳放心，我會負責主導。現在先讓我享受一下胸部的觸感。畢竟妳的胸部無論摸幾次都叫人欲罷不能。」

「這、這算是讚美嗎……!?」

艾莎不滿地提出抗議。對我而言，這可是最頂級的稱讚喔……

我繼續與艾莎交談，並在撫摸胸部的動作裡添加變化。像是沿著乳暈畫圓刺激、以左右非對稱的方式搓揉乳房……偶爾還會拉扯她的乳頭。

每當賦予不同的刺激，艾莎就會發出挑逗的嬌喘，並淫蕩地扭動全身。

「呼～呼～……胸部……好舒服……！多摸點……！再來……！」

艾莎抵抗不了心中慾火，將左右手都貼在我的雙手上，主動邀請我繼續愛撫。

「嗯嗯……！被人撫摸胸部……竟是這麼舒服……！呼啊啊啊！」

「那妳要繼續被我摸胸部？還是進入下個階段？」

「一、一起來……！你、你放心……我下面已經做好準備……早就溼透了……啊……！」

我摸向艾莎的兩腿中間確認……才把指頭伸進內褲，就摸到陰部周圍已沾滿愛液。隱約能嗅到一股類似瑞可塔乳酪的氣味。如此一來，即使直接插進去也沒問題。

為求謹慎，我稍微觀察一下四周。

步道那裡感受不到有人接近……至少不會突然被人撞見。

「那我插進去囉……因為地點的關係，妳稍微克制一下音量，其實樹林裡的回音比想像中更大。」

「這點小事我也知……啊、呼啊啊啊啊啊！」

我讓艾莎站著擺出後背體位，用陰莖卡住撥開的內褲，然後一口氣插進去。結果一如先前的確認，艾莎的陰道是徹底溼透，比我想像中更輕易將肉棒挺入。

艾莎的體內溫暖溼潤，並緊緊地包覆住我的陽具……舒服得令我差點忘了這裡是戶外。

我忍不住呼出一口氣，在她耳邊呢喃：

「呼……無論何時插進去，艾莎的那裡都這麼棒……」

「笨、笨蛋～……！這種事不必說出口啦。」

「那我動囉，妳小心別摔倒了。」

「你動……啊！哪有人……！馬上就那麼……激烈……！」

啪！啪啪！啪！

我宛如發動偷襲，以猛烈的動作頂向艾莎的下半身。

每當陰莖往後抽，陰莖頸就會磨蹭到艾莎陰道內某個硬硬的部位。一想到名為艾莎的精靈公主正被我蹂躪她體內的最深處，就勾起我身為男性的慾望。

「啊！呼！就、就是那裡……！我喜歡……被插得很深……！卡特～用你的那裡～……！插進去……繼續摩擦……！」

「妳說得這麼籠統會讓人聽不懂喔。」

「用、用你的大○雞……！用你粗壯的大○雞～……！」

「做什麼？」

「別、別使壞嘛……！呼啊啊啊！不過我跟你是情侶……才願意說喔……！請、請用力插我的小○穴！」

「妳表現得很好……看來被我調教得差不多了……」

「因、因為我很喜歡……和卡特你做羞羞事……！當、當真是太舒服了……！」

「那我就讓妳更舒服吧。」

「啊、啊、啊！啊啊啊啊啊！」

我將胸膛緊貼在艾莎的背上，搓揉她胸部的同時持續抽插。艾莎為了配合我的動作，開始扭動自己的小蠻腰，或是上下左右擺動翹臀，渴望得到更多快感。

這場做愛感覺就像是兩隻動物發情似地交配。考慮到這裡當真是動物們的棲息地，算得上是入境隨俗吧。

因為覺得動作略顯單調，於是我抬起艾莎的左腳，讓她以單腳站立的姿勢頂入她體內。這體位又稱為金雞獨立式或Y字後入體位。

對艾莎來說，這姿勢會讓她與我結合的部位徹底暴露出來。

當事人隨即驚覺此事，滿臉羞紅地抗議說：

「等……！卡、卡特……!!這個姿勢……!?」

「假如現在有人行經步道，妳那洪水氾濫的地方就會被人看光光。」

「卡、卡特是大笨蛋~……！」

「不過這姿勢很舒服吧？」

「唔、嗯……！這會頂到不一樣的部位……！也同樣非常舒服……！啊啊！啊啊啊！呼啊啊啊！」

即使單腳站立難以保持平衡，艾莎仍十分努力地扭動全身迎合我的抽插。雖然這種體位並不適合筋骨僵硬的女性，不過艾莎是精靈公主騎士，完全無須擔心她的身體柔軟度。

我更進一步用雙手抱起艾莎的身體，將她轉向以正面對著我，然後同樣抬起她的一條腿，讓她和我是以面對面的姿勢緊貼在一起。

「嗯呼！這、這體位……也好棒——！會害我上癮的……！」

艾莎嗓音挑逗地說出感想。

「再來，再頂進來……！用力插進我……！最深的地方吧~……！」

「妳叫得太大聲了……稍微克制一下音量。我說過這裡的回音比想像中更大吧。」

「嗯、呼嗯嗯嗯！唔~~~……！呼啊！不、不行了……！我克制不了音量……！」

艾莎用手摀著自己的嘴巴，卻隨即明白這是白費心機，依然大聲嬌喘著。

艾莎的反應著實惹人憐愛，令我更加激烈地擺動腰部。每一次的抽插，彼此緊貼的身體就會相互摩擦，即便隔著衣服，也能從胸膛清楚感受到她那完全硬挺的乳頭。從枝葉間灑落下來的陽光，將她的金髮和汗水照得閃閃發亮，給人一種既虛幻又荒淫的美感。

「人族跟精靈在森林裡做愛……會不會遭天譴啊……」

「不、不會的……！精靈也同樣……不排斥做羞羞事……大家都一樣……會在森林裡這麼做……！」

「那我們就在森林裡做到最後吧。」

「唔、嗯……！好、好的……！你就用我的身體……！達到高潮吧……！我、我也一樣……只差一點就……！啊啊啊！」

我像是宣告最後衝刺般，卯足全力不斷抽插。

「啊啊！呼啊啊！卡特的那裡變得更大了……！」

「艾莎妳裡面也縮得好緊。」

「嗯……！我的那裡專屬於你一個人喔……！所以你想怎麼抽插……都可以喔……！」

我們全神貫注地擺腰頂向對方的身體。此刻我只能將注意力全放在與艾莎的性交上。儘管難保會被人撞見，但是事到如今已停不下來了，而且上述風險更是勾起我的獸慾。

艾莎似乎也抱持相同的心情，完全不在意自己的音量叫著。

「呼啊！我要……去了……在這片可能會被人撞見的森林裡即將高潮了……！卡特……你也一起去……！好、好嗎……!?」

「嗯，我也差不多要……射了……！」

「射吧，都射出來……啊啊啊！」

噴噴噴……！

我射精在艾莎的體內，而且舒服到好像快腿軟了。

「啊、啊啊……」艾莎狀似與我同時達到高潮，發出不成聲音的呻吟，並且全身不斷痙攣。

「啊、呼～……卡、卡特的精液……射進來了……還噴了好多……」

艾莎呼出一大口氣，如此喃喃自語。她的蜜壺彷彿想將精液榨得一滴不剩般，緊緊包覆住我的肉棒。

我與艾莎對視，同時吻向對方。

彼此的舌頭相互交纏，一起享受著縱慾後的餘韻。白濁液體從陰道口流出來，沿著大腿內側往下滴。

我從艾莎的豐脣上退開後，揚嘴一笑說：

「親身體驗過後，妳對戶外做愛有何感受？」

「唔、嗯……雖然挺令人害羞的，不過真的很棒……」

艾莎羞澀地望向我，神情滿足地給出答覆。看起來真可愛。

就在這一瞬間，同時發生了兩件事。

首先是艾莎右耳上的裝束裂成兩半落地，然後一如往常那樣冒出蒸氣。一眼即可看出發生了什麼事……我們異口同聲地發出驚呼。

照此情況看來，皇帝設下的其中一個詛咒的解除條件確實就是『打野炮』。

不久後，能聽見步道那裡傳來交談聲……有多名精靈慢慢走過來。依照我的觀察，應該跟我們一樣是被派去採買物品。

我跟艾莎不禁面面相覷，下半身則是相連在一起……腳邊還有著正在噴發蒸氣產生聲響的『詛咒裝束』。

艾莎焦急地輕聲細語說：

（等、這下該怎麼辦!?蒸氣噴發的聲音會害我們被發現喔！）

（艾、艾莎，先冷靜點！這次的裝束比較小，蒸氣應當很快就會停了！只要在此之前別讓人發現即可！）

（我們該如何是好!?從步道那裡可以完全看清楚我們結合的部位！若是被人看見

這幕……當真是羞人到想一頭撞死喔!?）

（亂動反而會發出聲響！就這麼靜靜等她們通過！）

（可是我們的身體還相連在一起喔！）

（這也是莫可奈何啊！總之只能祈禱事情能安然落幕！）

（怎麼這樣～……）

艾莎十分傷腦筋地小聲哀號。這段期間，精液從我們的結合處緩緩流下。

該怎麼說呢？這畫面真是煽情耶……很抱歉形容得這麼缺乏文學造詣。

因為看見這一幕，我再度感到心癢難耐，暫時失去力量的男性象徵又重拾雄風。艾莎驚覺之後，憤恨地瞪了我一眼，卻不敢出聲責備。

……幸好那群精靈沒有注意到我們的存在和腳邊的蒸氣聲，就這麼沿著步道遠去。

等到精靈們離去後，艾莎才鬆了一口氣……不過我那留在艾莎體內的分身是精神飽滿地翹了起來。

艾莎一臉氣呼呼地問說：

「幸好安然度過危機，另外成功解開其中一個詛咒……不過這下該怎麼做？」

「這還用問……？答案就只有一個吧。當然我是不介意立刻結束啦。」

「你怎麼老愛這樣對我使壞……我、我是覺得事情已經辦完了，最好還是盡快返回城裡……」

艾莎還沒把話說完，便惹人憐愛地扭腰擺臀。

看來身體倒是挺老實的。

「嗯……讓你這樣慾求不滿……可、可能會不容易蒙混過去……啊嗯……我是可以在這裡……陪你到滿足為止……嗯！」

「明明難保又有人會經過……艾莎還真主動耶……」

「唉、唉唷……你別這樣挑逗我嘛～……！」

面對如此抗議的艾莎，我再次用嘴巴堵住她的唇瓣，並且開始享受她那香汗淋漓的身軀。

## 4　祭典當晚

一如原定計畫，祭典於黃昏時分宣布開始。

參加者多達一千五百人以上，現場可說是盛況空前。精靈們依序登上庭院的舞臺表演唱歌或跳舞，庭院四周則有各部族提供的料理。

艾莎所屬的條頓堡族也有登臺表演戲劇，劇本是流傳於條頓堡族的民俗傳說之一，內容是講述在遠古時代裡，被神明選為領導者的精靈少女，為了設法迴避神諭提及的災禍，於是率領同伴們前往尋找新天地。當然飾演該名精靈少女的就是艾莎。

精靈少女於旅途中遭遇各種苦難，不過她與同伴們一同度過難關，從中獲得成長，最終找到新天地……也就是條頓堡族目前所在的領土。

後來，精靈少女被封為女神，率領眾子民們為一族的發展貢獻良多。

這故事不禁讓人覺得是在影射艾莎目前的立場。真要說來，是艾莎的同伴們故意挑選這種會令人產生相關聯想的主題吧。

在劇中，艾莎穿著一身充滿神祕感的白色連身裙，乍看之下有如一套婚紗……真的非常可愛。甚至讓我對無法拆下她的項圈一事感到惋惜。

舞臺表演全數結束後，最終是所有人一起圍著篝火跳舞。祭典最後的這場舞蹈，似乎是精靈各部族共通的習俗。

我與穿著戲服的艾莎一起跳舞。在篝火的照映下，以連身裙打扮踏著優雅舞步的艾莎，展現出符合精靈公主身分的風采，甚至令我產生自己根本配不上她的錯覺。

在祭典結束之後……

「以、以這身打扮做羞羞事嗎……!?」

艾莎望著用雙手搭在她肩膀上的我，一臉難以置信地詢問著。

「而且還選在這種地方……!?」

我們目前位於庭院一隅的小屋裡，也是此處附設的歇腳處。乍看之下就跟民房沒有區別，不過內部的各個房間都沒有門。

窗外能看見祭典已宣告結束的庭院。雖然活動結束了，但大多數的精靈與人族們都沒有回到城裡，而是以各自的方式度過這段休息時間。位於中間的篝火也尚未熄滅。

「你、你是認真的嗎……？我們今天都在森林裡做了那麼多次……你依然沒有滿足嗎……？」

「也不能這麼說，只是……」

「只是……？」

「妳現在這身打扮比以往可愛數倍……簡直就像是真正的女神……」

「……!」

「所以想說這麼做，能成為妳我之間美好的回憶……」

艾莎聽我說完後便陷入沉默，臉頰就這麼染上桃色。不難看出她感到既高興又害羞。

我也同樣非常開心，我輕咳一聲消除心中的害臊後便說：

「另外……按照『皇帝』的性情，解除詛咒的條件恐怕也包含『穿上不同於平常的可愛衣服來做愛』。」

「你、你這個人還真是……！」

「這算是同時滿足興趣與實際效益的舉動。假如順利的話，裝束就會只剩下一個。因為自明天起將會非常忙碌，無法像今天這般頻繁做那檔事。更何況也只有今天一天，即使把這套衣服弄皺也不會令人起疑……」

「可、可是小屋外面有那麼多人……！到時肯定會被人發現的……！」

「相信我們待在屋內應該不要緊……如果妳擔心被聽見聲音就忍著別叫。搞不好這種忍住呻吟的玩法就是解除條件。」

「你這個笨蛋……！」

「老實說，我也有想到其他更嚴苛的解除條件……」

「比、比方說……？」

「在眾目睽睽之下做愛，或是妳必須同時面對二至三人……」

「嗚哇……」

我也同樣想避免那類玩法……偏偏又無法完全剔除這樣的可能性。

「若是妳當真不願的話，我也不勉強……妳覺得呢？」

艾莎一臉不滿地陷入沉默，一段時間後終於點頭說：

「好、好吧，而且我很高興聽見你對我這麼有感覺……」

「那麼……」

為了讓艾莎放輕鬆，我以指頭托起她的下巴……準備與她接吻之際——

竟從另一個房間裡傳來出乎意料的聲音。

「佩因大人……！我、我再也憋不住聲音了……！」

「菲雅兒大小姐，聲音會傳到外面去的……！」

「都怪佩因大人您擺腰的技巧如此精湛……啊、啊！呼啊啊嗯！」

我和艾莎不由得對看一眼。

隔壁房間裡究竟在做什麼好事，無須多想也知道答案。

艾莎以打探的口吻問說：

「剛才那是……」

「是佩因與菲雅兒，看來跟我們同樣決定在這裡一戰。」

我和艾莎緊靠牆邊，躡手躡腳地偷窺隔壁房間。

只見佩因與菲雅兒不出所料地辦正事到一半，他們將沙發當成床，以正常位享受魚水之歡。

佩因的裝扮與平日無異，菲雅兒身上那套畢勒費爾德族的傳統服裝卻凌亂不堪。附帶一提，菲雅兒率領的畢勒費爾德族是在庭院裡開設類似酒吧的攤位。

「呼……佩因大人的大○雞，一如往常那樣又粗又舒服……！請更激烈地插進來吧……！」

「可、可是菲雅兒大小姐您如此嬌小，人高馬大的我這麼對您……！」

「不、不要緊的……！菲雅兒我願意接受佩因大人的一切，即使會弄疼身體，那也是我們締結羈絆的證明……就連痛楚，我也甘之如飴……！」

「大、大小姐……！」

「啊！就、就是這樣！佩因大人只要……依照您的本性就好……！嗯、呼……啊啊啊啊啊！」

菲雅兒此刻淫亂到完全無法與她平日那種清純的模樣聯想在一起。佩因似乎也很珍惜菲雅兒，儘管動作很激烈，卻還是有顧慮菲雅兒的身體狀況。

艾莎滿臉通紅地看著眼前的光景。

「菲、菲雅兒居然這麼……話說我還是第一次欣賞別人做羞羞事呢……」

「畢竟這不是什麼常有的體驗……」

「不過那兩人是何時在一起的……？」

「佩因雖然好色，但對於一般女性頗被動的，我想應該是菲雅兒的主動勝過了佩因的被動吧。畢竟菲雅兒對佩因的好感顯而易見……佩因最終選擇接受吧。」

「原、原來如此……」

在我和艾莎的關注下，佩因跟菲雅兒的行為越來越激烈，甚至狂野到我們都為兩人擔心是否會被外頭的人發現。

此時，我察覺臉頰泛紅的艾莎不斷磨蹭大腿內側，並含情脈脈地望著我。

啊~原來如此……她已經有感覺了。

老實說我也因為菲雅兒的嬌喘聲而勾起慾火，即便什麼也沒做，男性象徵也已充血勃起。

這或許是個好機會……

我將嘴脣湊近艾莎的耳邊，輕聲細語說：

「艾莎……我們也自己來找樂子吧。」

「咦……!?你、你確定嗎……？」

「嗯。」

「但、但是現在開始的話，我想他們很快就發現了……」

「發現也無所謂，反正佩因與菲雅兒會幫忙保密的。」

「啥……!?你在說什麼呀……!?」

「倘若他們在發現我們的情況下繼續做愛，就可以滿足旁人圍觀和亂交的條件，順利的話搞不好能解開第五個裝束。」

「啊、原來是這樣啊……」

「看他們兩人的樣子，即使發現我們也會做到最後，所以我們也別在意做到完事為止。我同樣不好意思讓人看見自己在辦事時的模樣，也對妳感到十分抱歉……但這是個大好機會。」

「……我能理解你的意思，但內心還是會有所排斥……居然要讓那兩人看見我們做羞羞事的模樣……」

「妳別看佩因那樣，其實他還挺紳士的，我相信他會裝作沒看見。至於菲雅兒，佩因也會提醒她才對。而我們只需貫徹相同的態度即可。」

「……我知道了，不過該怎麼做呢……？」

「就趕緊辦完正事吧。妳能自己脫掉內褲嗎……？」

「唔、嗯……」

艾莎因害羞而神情僵硬，但還是將雙手伸進裙子裡，主動把內褲脫下來。

那是一條黑色的內褲，彷彿與白色連身裙形成對比，更加勾起男人的慾火……

「……我看妳多少有預料到要做這種事吧？」

「我、我也是沒辦法呀……！感覺這麼做能討你歡心嘛……！」

「不愧是我的艾莎，我是真心感到很高興……瞧妳似乎已經做好準備了。」

「……！」

我將食指伸向艾莎的陰脣間，開始輕輕撫摸。該處已是愛蜜氾濫，如成熟的果實般多汁可口。

於是我順勢把指頭插進嫩肉之中……她的體內遠比洞口外圍溼滑溫暖，就像是不規則的嫩肉紋路在幫我按摩。

「啊、咿、啊……不行……我憋不住聲音了……！」

艾莎被我用指頭玩弄陰部後，承受不住似地如此低語。她用左手抓住我的右手，右手則撫摸著我的胯下。

「……妳想要這個嗎？」

「嗯，想要……我好想要卡特的這個趕緊進來……」

「妳確定嗎？」

「唔、嗯……！確實我對於讓佩因和菲雅兒看見我們在做羞羞事感到很害羞，但為了打勝仗……更重要的是卡特你想這麼做……」

「我懂了……」

我把椅子移動到隔壁房間也能清楚看見的位置，在解開褲子的拉鍊後便坐於椅子上。

「艾莎。」

「唔、嗯……」

艾莎怯生生地跨坐在我的腿上，然後將自己的陰部對準聳立的陰莖。當龜頭與之接觸的瞬間，隨即發出一陣溼潤的聲響。

「我、我坐下去囉……？」

艾莎慢慢地坐下，同時以陰部將我的肉棒逐漸含進去。徹底溼透的該處給我帶來一種銷魂的感覺，舒服到稱之為蜜壺是再恰當不過。

片刻後，我的肉棒已完全插入艾莎的體內，呈現由下往上貫穿陰部的姿勢。

「嗯、呼……都、都進來了……？」

「進去了，那我動囉。」

「唔、嗯……那我不必忍住聲音也沒關係……？」

「沒關係，反正隔壁房間能聽得一清二楚。」

「嗯……」

艾莎僵硬地點了個頭。為了讓她安心，我輕輕給她一吻，然後將雙手繞至她的背後，就這麼抱著她開始動作。

「嗯、呼、啊、不、不行……這體位也……好舒服……！」

艾莎很快就進入狀況，開始主動扭腰擺臀。

「卡特……我不要緊，你可以再激烈點……」

「像這樣嗎？」

「咿嗯！從正下方插進來，直接頂到最深處……！啊！唔～咿！」

艾莎發出淫亂的呻吟。我也順勢繼續擺腰。

位於隔壁房間的佩因他們……已經注意到我們的存在，神情吃驚地望過來，不過佩因輕聲對菲雅兒說了什麼以後，又繼續他們的行為。看來佩因已隱約察覺我的用意，便代為跟她解釋。

好，這下子已滿足有人圍觀的條件，並且說是亂交也不為過。眼下只需讓艾莎感到舒服，令她高潮即可……

我更加激烈地上下擺動腰部，與艾莎深情對視。滿身大汗的我與香汗淋漓的艾莎糾纏在一起，使得現場汗水四濺。

「艾莎……讚喔，這真是舒服……妳是最棒的……」

「真、真的嗎……？卡特你有因為我的身體感到舒服嗎……？」

「嗯……」

「那你來揉我的胸部……不光是下面，也把我的胸部玩壞吧～……！」

我立刻伸出雙手，隔著衣服撫摸艾莎的胸部，但我很快就無法得到滿足，於是我小心翼翼地脫下她的衣服，並迅速解開胸罩。下一秒，形狀完美的乳房便彈了出來……我再次用雙手一把抓住。

「啊、好舒服……！繼續摸那裡……！還有乳頭跟……乳暈……！」

我捏住乳頭不停搓揉，沿著乳暈畫圓愛撫，但這樣無法令我滿足，於是我用嘴巴含住乳頭，執拗地來回舔著。

「啊、咿！我也喜歡……你用舔的……！總覺得乳頭開始發麻……真的好舒服……！」

大概是愛撫胸部帶來更多刺激，艾莎擺腰的動作更加大膽，她藉由身體碰撞反彈的力道，不斷用蜜壺磨蹭陽具。

噗滋！噗滋噗滋噗滋！

「呼！呼！我要去了……我快要去了……被卡特的大○雞不斷用力頂……我真的……快要高潮了……！」

「我也一樣快去了……艾莎。」

「你、你說什麼……？」

「那我再說一次，妳現在是既可愛又美麗，宛如一位真正的……女神……」

「明、明明我現在是這麼淫蕩，你也願意這樣稱讚我嗎……？即使我已愛上你的大○雞到無法自拔……？」

「是啊，艾莎，我很喜歡妳喔。」

「唔、嗯……！我也一樣……喜歡卡特你……最喜歡你了……！我愛你……！直到永遠……！無論發生什麼事……！唯獨我會一直……呼喚你為卡特的……！」

「艾莎……！」

忽然有一股熾熱的東西從體內竄出，促使我反射性地使勁吻向艾莎，並粗魯地舌吻。要是不這麼做，無論是我或艾莎都無法將心中的那股澎湃徹底發洩。

「我要去了！要去了要去了！我要高潮了……！卡特，求求你和我一起……！跟我一起高潮～……！」

「我、我也要射了……！艾莎……！」

「卡特——！」

艾莎緊緊抱住我身體的下一刻，我就此釋放自己的射精慾望，一口氣將精液射出來。因為用力過猛，甚至能感受到自己正頂著子宮的入口。

「好、好燙……！卡特的……精液……正射進我體內……」

艾莎看似很享受內射的快感，性感地扭著臀部的同時如此低語。

我將目光移向隔壁房間……比我們早一步完事的佩因和菲雅兒已整理好儀容，一臉好奇地注視著我們，不過兩人從我們的對話明白情況，於是尷尬地朝我低頭致歉，然後三步併作兩步地離開小屋。

「艾莎……」

我出聲呼喚艾莎的瞬間，艾莎左耳上的裝束立刻裂成兩半，落於地面噴出白煙。

如我所料，第五個『詛咒裝束』也順利解開了。

這麼一來，艾莎身上的『詛咒裝束』就只剩下頸部那條大項圈。

還真會折騰人耶……不過距離解開艾莎身上所有的詛咒，就只差臨門一腳……

最後一個條件究竟是什麼……其實我已隱約猜出來了。

相信艾莎也同樣注意到了。

但是……

「解、解開了，當真如同卡特你的猜測……」

艾莎尚未平復高潮所產生的餘韻，以性感的嗓音低語著，並露出一個柔情似水的笑容。

「卡特果然……好厲害……謝謝你……卡特……」

「……就這次來說，我也同樣有點害臊。」

「嗯……不過我能感受出來……卡特你是為了我在努力呀……」

艾莎維持著有東西深深插進體內的姿勢，溫柔地摸了摸我的頭。

「這是我給你的回禮。」

語畢，艾莎對準我的嘴唇獻上一吻。

## 5　來自皇帝的勸降

隔天早上——

「主帥，快醒醒啊！主帥……！」

「什麼事？佩因……瞧你這麼慌慌張張的……」

我睡眼惺忪地從床上起身。

昨晚在小屋裡與艾莎翻雲覆雨後，我便回到自己的房間內呼呼大睡。看來身體累積了不少疲勞。

我本想跟艾莎一起睡，艾莎也抱持同樣的想法，不過我們的關係仍需保密，因此最終還是作罷了。

「為了有朝一日能和卡特你一同迎接早晨，我也非得加油不可……」

艾莎難過地說出這句話……不過她那堅定的神情，我直到現在仍記憶猶新。

與此同時，我也感到一陣放心。原因是艾莎身上的『詛咒裝束』只剩下一個。只要解開它，艾莎就可以發揮原來的力量。這麼一來，前往北方的行動將會更安全無虞。

距離出發還剩下一週的時間，我原以為在此之前只需完成各項準備事宜，同時抽空去疼愛艾莎，並慢慢摸索解除條件即可……

假如剛好在這段期間內成功解開所有『詛咒裝束』……我還考慮要送一個禮物給艾莎當作紀念。

就算我跟艾莎的戀情無法公開，至少也想為她準備一件定情信物……

「還是昨天發生什麼事？想想我們在小屋裡都辛苦了。多虧你們，艾莎的詛咒有順利解開，並且享受到一次不同於往常的做愛……謝啦。」

「是的，我昨天也待在小屋裡，菲雅兒大小姐似乎也感到相當滿意。儘管發現主帥你們也在時，當真是把我嚇死了……啊、現在不是提這個的時候！」

佩因把某份文件用力放在桌上大聲說：

「這是斥候捎來的消息，敵軍……『帝國』軍已逐漸逼近……！對方派出三支軍團，總計一萬五千人！兵力是我軍的十倍！預計三天後抵達！」

「你說什麼……!?」

我忍不住站了起來。這情況徹底出乎我的預料。

「是的，另外還有一個重要的情報……」

佩因打開手裡的另一份文件。

「這是皇帝寄來的勸降書，內容提到假如不肯在三天內投降，他就會親率三支軍團把我們屠殺殆盡……裡頭有皇帝的親筆簽名。」

# 第五章 藉由懷孕來破除詛咒！

## 1 下定決心的求婚

當晚——

「打、打擾了……」

艾莎以有別於往常的緊張口吻打完招呼後，輕輕推開我房間的門。

她身穿與以往無異的布甲，不過多虧昨日的努力，她身上的『詛咒裝束』只剩下頸部那條大項圈而已。該項圈前側的心型小孔上裝著鐵鍊，此時此刻也會在她的胸口上發出金屬碰撞的聲響。

「……嗯。」

我坐在床上，有氣無力地出聲回應。

事實上，我的內心感到前所未有的疲憊。
艾莎見狀後，並沒有對我提出任何怨言，只是默默地走來坐在我的身旁。換作是以往的話，我們會很有默契地握住對方的手，或是做出搭肩摟腰等動作，但我今天沒這麼做。艾莎察覺情況有異後，也沒有採取任何動作。
我害艾莎擔心了……於是我壓下心中的愧疚說：
「艾莎，妳今天幫了大忙，我真的很慶幸有妳陪在身邊……」
「你別放在心上，我只是做好自己該做的事情而已……」
……其實今天是相當難熬的一天。
原因自然是佩因今早向我報告的，關於『帝國』軍的最新動向。
皇帝親率一萬五千大軍前來薩爾斯堡溪谷，預計三天後抵達。倘若我方沒有在此之前投降，就會把我們通通殺死。
任誰都明白這是一大威脅。
也是我的預測「『帝國』軍不會派遣更大規模的軍隊來襲」徹底瓦解的瞬間。
鑒於情況十分嚴峻，我將此事告訴艾莎之後，便召集親衛隊與精靈領袖們開會討論今後的計畫。
起初召開會議時，我以為氣氛會非常險惡……畢竟身為叛軍指揮官的我竟然完全預測錯誤。先不提親衛隊，出於信賴而同意聽從命令的精靈們可想而知會對我產生反感。

不過實際情況一反我的想像，而且都多虧艾莎的幫忙。

在會議一開始，艾莎就立刻宣布自己原有的精靈之力被『詛咒裝束』所抑制，起先的封印多達六個，但在我的幫忙之下只剩一個，並表示會在明天以前解開所有封印。

這擺明是個漫天大謊……但我並沒有加以譴責，因為我清楚知道艾莎是抱著怎樣的打算。

在這之後，我親口向眾人解說現況。雖然精靈們都受到不小打擊，卻沒出現過度的反應，就算大家都感到不安，依舊願意接受現實。

接著我開始說明今後的具體方針。

原定計畫將大幅提前執行，於明日離開哈爾施塔特。既然我軍本就缺乏糧食，繼續待在這裡只會被敵軍包圍而耗盡糧草。為了避免這個情況，我軍必須主動出擊。

當然『帝國』軍在收到消息後，勢必會派遣先發部隊展開追擊。我軍的應敵之道就是在野外交戰，擊潰先發部隊拖垮敵軍的腳步，並藉機趕緊北上。

現場無人提出反對，不過理由就只有一個。

那就是直到明日之前解開艾莎的詛咒，運用她的力量戰勝敵軍。

大家都如此堅信著……把未來賭在這唯一的可能性上。

艾莎語氣內疚地對我說：

「比起這個……不好意思喔，我也知道是自己擅作主張……畢竟無人能肯定可以在明天之前解開詛咒。」

「這部分不成問題，反正跟我準備下達的命令毫無分別。問題在於我軍的向心力開始產生動搖。不管到時妳的狀況是怎樣，我們明天都得立刻上路，找地方迎戰敵軍才行……最糟的情況就是親衛隊和劍鬥士們全軍覆沒，但至少能掩護非戰鬥人員趁著這段期間趕緊逃離。」

若以目前的狀態迎向決戰，我們唯一能做的就只有這件事，至少要讓那些與戰爭無緣的人們活下去。

「所以……我很感激妳今天做出的決定，謝謝妳。」

「……嗯。」

艾莎像是鬆了一口氣地點頭以對，並將頭靠在我的肩膀上，讓我再次感受到她身體的重量、她的體溫以及她對我的情意。

一段時間後，艾莎捧起我的手，並直視著我的眼睛，語氣誠懇地說：

「卡特，我有一個請求。」

我早已明白艾莎想說什麼了。

因此我不發一語，僅以點頭催促她把話說下去。

艾莎面不改色地繼續說：

「……請你跟我……生孩子好嗎？」

換言之，她接下來想以懷孕為前提和我性交……

「……妳已經發現啦。」

「……我怎麼可能會沒發現嘛。」

艾莎的臉龐蒙上一層陰影，低下頭去說：

「我脖子上最後的『詛咒裝束』……它的解開條件究竟是什麼？依照至今的解除方式，不難想像皇帝最終想對我做什麼。」

我沒有回應……畢竟我也得出跟艾莎一樣的結論。

皇帝對精靈而言是死敵，卻懷上他的孩子……這對艾莎來說肯定是奇恥大辱。

恐怕皇帝就是打算讓艾莎在此事與自身性命之間做選擇，迫使艾莎妥協。

當然讓艾莎懷上孩子……讓她懷孕當真是否為最終的解除條件，我也沒有十足的把握。

但以可能性而言，我相信這是第一順位。

不過……

「妳確定要這麼做嗎？」

「……若我說完全不怕……那肯定是騙人的。」

艾莎似乎想混淆心中的不安，以雙手輕輕搓揉我的右手低語著。

「我……很喜歡卡特你，所以十分高興能懷上你的孩子，不過……」

「……無人能保證精靈跟人族生下的孩子會得到幸福。」

艾莎沉默不語。

精靈族與人族到現在仍處於戰爭狀態，兩族產下的混血兒會面臨何種命運……

至少無人敢保證這孩子一定可以得到幸福。

「而且追根究柢……我很好奇卡特你是否真心想這麼做……」

「………」

「卡特，你對於和我生孩子一事有何想法？假如我懷了你的孩子，你想怎麼做……？」

艾莎雙眼溼潤地注視著我。那雙如寶石般美麗的鈷藍色眼眸，因焦慮而微微泛淚。

我明白艾莎在顧慮什麼。

說起我的生平，從小就被身為英雄的父親暴力相待，為了讓身為英雄的父親刮目相看而奮發圖強，為了超越身為英雄的父親而成為將軍……至今一直渴望著戰爭。

走過如此人生的我，是否願意成為父親？在成為父親之後，是否能當個稱職的父親……？艾莎顧慮的就是這部分。

而且她的問題還有另一層含意，就是我願不願意與她白頭偕老……是否願意娶她為妻。

單純為了取勝而讓艾莎懷孕，後續問題都拋給她自行處理，老實說也算得上是選項之一。

就算會飽受世人的指責，對我來說卻不失為是個合理的選擇。畢竟我們當初就已經講好，這段關係是直到戰爭結束為止。

因此……即使遭指責又怎樣？

我彷彿想反抗盤踞在心中的糾結，回握住艾莎的手……甚至擔心是否會握斷她細嫩的指頭，並且緊緊地握在手裡。

艾莎吃驚地望著我。

「卡、卡特……？」

「對不起，這些話應該由我來說才對……」

艾莎詫異地瞪大雙眼。

我注視著她的美眸，斬釘截鐵地將早已在心中做出的決定說出口。

「拜託妳成為我的妻子，為我生下孩子好嗎……？」

艾莎不禁倒吸一口氣，以溼潤的雙眼看著我說：

「你真的願意……娶我嗎？」

「沒錯，我不會變成跟老爸一樣的人渣，死都不會。這麼一來，選項就只有一個。」

今後就以一名丈夫，以一名父親……也就是以一名男子漢的身分，繼續深愛著所愛之人。

唯有這麼做……才能夠證明我與老爸是截然不同的兩個人。

無論艾莎是精靈，或是曾經交戰過的對手……這些事情對我來說一點都不重要。

「我已在至今的戰爭之中，為『帝國』建立許多戰功，也藉由這場叛亂展現出我對『帝國』的意志，只要我順利把妳們安然送回故鄉，就是史上第一位讓奴隸叛亂以成功收場的指揮官，將從此名留青史。以一名將軍而言，可說是已然超越老爸。」

雖然對於這種時候仍執意想贏過老爸的自己感到相當厭惡，但要是不跨越這道心結的話，我懷疑自己就連站上起點都辦不到。

「所以……我想將自己今後的人生都奉獻給妳，以及疼愛與妳生下的孩子。無論發生什麼事，我都會保護妳和生下的孩子。為此，要我與全天下為敵都無所謂。」

艾莎不禁喜極而泣，就這麼哭成了淚人兒……

「你當真願意……接受這樣的我嗎……？」

「當然願意。重點是我能娶到如妳這般美若天仙的精靈公主為妻，還生下並養育孩子，幾乎可說是我不配擁有的極致幸福。另外……」

語畢，我伸手抓住艾莎脖子上的項圈，將她的臉拉至我的面前。

「多虧這個下流的道具，足以證明妳我在身心靈上皆是絕配。」

「……！唉、唉唷……我只不過是身體跟心靈都願意接受你，奉勸你別得意忘形喔！」

艾莎笑中帶淚地一如往常那樣擺起架子。

「你我是為了生存下去而攜手奮鬥的同志，既是同伴也是情人……」

她還沒把話說完，就輕輕地對我獻上一吻。

等脣瓣分開後，她露出害羞的表情……同時一臉幸福地接著說：

「所以我們絕對能組成一個美滿的家庭……！」

「……說得也是，一定是這樣沒錯。」

為此，今晚必須讓艾莎懷孕，設法解開最後的『詛咒裝束』……在打贏與『帝國』的決戰之後，與艾莎一起回到她的故鄉。

儘管無人敢保證事情能夠如此順利……我的內心卻出奇地沒有一絲不安。

不要緊的，我和艾莎為了彼此歷經多場戰爭，並且共度好幾個夜晚，所以肯定沒問題。

只要我們互相扶持，無論是艾莎身上的詛咒，或是我體內的心魔都必定能迎刃而解。

「卡特……」

艾莎似乎看出我心意已決，以撒嬌的嗓音輕聲呼喚我，同時將唇瓣湊了上來。

我溫柔地撫摸著艾莎的臉頰……再次與她一吻。

## 2　奧伊根多夫的決戰

終於迎向隔天早晨。

在晴朗無雲的藍天下，我來到薩爾斯堡附近另一座名為奧伊根多夫的城鎮，並站在該處附近的一座小山丘上。

山丘上有五十名親衛隊和一千五百名精靈劍鬥士，眾人手持武器組成不規則的陣型蓄勢待發，外圍還設有防止騎兵突擊的臨時障礙物（拒馬槍）。

山丘周邊是一片平坦的草原……繼續向外是『帝國』軍的三支軍團，共計一萬五千人組成一個個方陣緊密相連，只見無數的軍旗隨風飄揚，沿著山丘外圍繞成一圈。

簡言之，就是我們所在的這座山丘已被『帝國』軍團團包圍。

至於『帝國』軍中央有一面特別巨大、花紋複雜且色彩鮮豔的軍旗。

那正是代表『帝國』皇帝親征的旗幟。

只為滿足私慾就發兵進犯精靈族的領土，利用『詛咒裝束』打算逼艾莎就範，現在為了徹底殲滅我們叛軍的那個男人……就出現在我們的眼前。

其實兩軍從一大清早就像這樣互相乾瞪眼。

當我仍在欣賞此景的時候，佩因策馬前來匯報。

「主帥！『帝國』軍又派遣使者送來御旨，就在這裡。」

「內容呢？相信跟之前沒有多少差別吧。」

「是的，完全如出一轍，說穿了就是勸我們立刻投降，假如投降即可饒我們不死，要不然就殺無赦。還真是了無新意耶。」

佩因將手裡的信紙當成扇子替自己搧風。

「接下來該怎麼辦？敵軍的耐性差不多快被磨光了，恐怕會不顧一切直接開戰。」

「天亮前向北逃亡的非戰鬥人員們現已抵達何處？」

「不久前有收到菲雅兒的飛鴿傳書，她們似乎抵達十公里遠的巴特海姆。內容提到因為在天亮前就徒步趕路，沿途算是通行無阻。」

「嗯，說實話是想再多拖延一點時間，讓她們盡可能走遠一點……看這情況已達到極限，準備開始吧。」

我講完後隨即揚起嘴角，故意放馬後炮地調侃佩因說：

「……話說我真沒想到你會跟菲雅兒成為一對。我方才可是清楚聽見你直呼菲雅兒的名字喔。」

「那個～說來還真是不好意思……不過那種天真無邪的女孩子也挺不賴的。我完全扛不住她的主動……」

「無妨啊，你可要好好珍惜她喔。看她的樣子，床上功夫似乎頗有一套。」

「被主帥您這麼一說，我完全回不了嘴。但是說起您的對象也……哎呀，似乎已經沒時間這樣閒聊了。」

「嗯，你沒忘記該怎麼回覆皇帝的信吧？」

「記得是『你預定要調教的精靈公主已成了我的人，她抱起來的感覺當真是棒透了，你活該！』對吧。」

「你可要一字不漏地傳達出去喔。」

「遵命！」

……隨後，皇帝所在的總隊惹出一陣騷動。皇帝面紅耳赤地大吼著什麼，周圍的將軍們則是拚死攔阻。看來佩因有將我交代的事情寫在信上……皇帝收到後便發飆了。

接著皇帝似乎下令進攻。與此同時，一萬五千名士兵一起前進。

敵方大軍保持著包圍山丘的態勢，並且維持原來的陣型，緩緩朝這裡逼近。即使我方有著一千五百名實力高超的劍鬥士，倘若正面交鋒只會在短時間內潰不成軍。我軍面臨壓倒性的頹勢……以上形容是一點都不誇大。

但我仍是心平氣和，並當場下達一道命令。

「艾莎，去吧。」

原本一直默默待在我身後的精靈公主騎士，聽見命令便往前走去。

艾莎・條頓堡・艾爾菲納——她既是條頓堡族族長的女兒，也是我的愛人。

她手中握著平日裡的那把佩劍，神情十分嚴肅。

不過身上那件披風底下……能隱約看見脖子上的大型鐵製項圈。

『帝國』士兵們見狀後發出一陣騷動。並不是基於恐慌，而是欣喜若狂。

「那是條頓堡族的精靈公主騎士……！可是她還戴著項圈喔！」

「好耶！那個精靈奴隸的魔法依然被陛下的項圈給封住了！」

「我們贏定了！只要她不能使用魔法，就跟其他精靈毫無分別！」

「皇帝陛下英明！」

「喂，你們幾個，可別殺了那個精靈啊！陛下同意只要再次活捉那女人，就會讓她成為慰安婦！陛下這次可是大發雷霆喔！」

隱約能聽見『帝國』軍那邊傳來下流的笑聲。

進攻之際還在那邊閒話家常，看在我這位前『帝國』將軍眼裡，當真是漫不經心到了極點……不過艾莎的詛咒是否解開，的確會左右他們這群對手的命運，因此有這種反應也是無可厚非。

精靈們大感不悅地怒視那群士兵。

站在我身邊的艾莎也聽見那些對話……她發出一聲嘆息，非常不滿地對我抗議說：

「雖然在這種情況下提這件事是挺不合時宜的……但是關於剛剛的回信，難道不能稍微修改一下內容嗎？」

「剛剛的回信？」

「就、就是我成了你的人，還有抱起來很舒服等等……！你是把我當成什麼了!?拜你所賜，害我被敵軍說得這麼不堪入耳！」

「又沒關係，而且我已經很克制了，老實說我還有想到其他更能激怒皇帝的寫法喔。」

「比如說……？」

「妳跟我的肉體契合度是天作之合，妳就連後面的滋味也同樣棒極了。」

「笨……！哪有人在大庭廣眾下胡扯那些嘛……！」

「反正不管我們怎麼做也無法改變結果。事已至此，這幫人……皇帝是非得跟我們開戰不可。畢竟他不惜拖垮帝國的內政和經濟也要號召大軍出兵，不這麼做就保不住面子。其中的證據就是敵軍沒有採取任何戰術，直接朝我們衝過來。」

艾莎臭著臉看向我，然後正眼注視來犯的敵軍。

「……那我就開始囉。」

「請便。」

「不必手下留情對吧。」

「完全不必。」

「……其實我剛剛才注意到一件事，相較於被生擒之前，我現在的魔力似乎有增加二至三倍喔。」

「……真的假的？」

「也許是至今無法得到宣洩的魔力全都累積起來，或是……」

艾莎還沒把話說完，忽然朝著我促狹一笑。

「因為愛的力量喔。」

「…………」

「啊哈哈，卡特你臉紅了耶。」

「又、又沒關係，我很高興能聽見妳這麼說啊……總而言之，妳就放手攻擊吧！卯足全力把他們全數擊潰！」

「知道了……喝！」

艾莎提劍擺出戰鬥架勢，氣集丹田嬌斥一聲。

下個瞬間，艾莎身上散發出耀眼的光芒。

這道光似乎具備衝擊力，只見她身上的披風用力一翻飛上天際，而且理當掛在她頸部的項圈也跟著左右裂成兩半。

分成兩段的項圈應聲落地，卻不見它發光或噴發蒸氣等更進一步的反應。換言之，項圈的詛咒早已解開了。

「不、不會吧——!?」

『帝國』軍的先鋒部隊陷入騷動。畢竟此刻目睹的這一幕，對他們而言等於是宣判死刑。

站在遠方的皇帝本人，因為過度驚嚇而雙腿發軟。

艾莎毫不理會敵軍的反應，開始小聲唸咒。

「吾名為艾莎・條頓堡・艾爾菲納，懇請仙精們伸出援手，為這片土地帶來恩惠與和平。吾將借用汝等力量，徹底擊潰一切邪惡仇敵……」

艾莎的腳下出現一道魔法陣，讓手中佩劍發出刺眼的光彩。

她即將發動魔法了。

「大地的仙精啊，請賜予吾力量吧……地崩術(earth break)！」

艾莎大喊一聲，同時把劍刺向地面。伴隨一陣劃破大氣的聲響，劍尖就此插進土裡。

下一秒，地面產生一股強烈的衝擊波，逼近的部分『帝國』軍……少說有超過一千人……隨著噴發的地面被吹飛出去。

這是運用劍術來發動『土精』之力所產生的魔法……也是艾莎最擅長的戰鬥方式。在條頓堡森林一役裡，我率領的軍團多次因為這個攻擊而折損大量兵馬。

被吹飛的士兵們隨著掀起的大量塵土重摔至地面。平原上只剩下劇烈的爆炸聲和覆蓋視野的沙塵，彷彿剛發生某種天崩地裂的災變。

待沙塵散去，眼前光景宛如土石流災害的現場般，只見許多士兵被掩埋在大量的土石之中。其他倖免於難的士兵們都驚恐得停下動作。

面對這突如其來的嚴重傷亡，士兵們皆不敢吭聲，就連皇帝也愣在原地，瞠目結舌地望著戰場。

「喝啊啊啊啊啊！」

艾莎沒有放緩攻擊動作，她接連使出斬擊，一刀就把瞄準的部隊送入地獄。

我不由得揚起嘴角。

莫名冒出一股看好戲的心情。

這就是艾莎真正的力量，光靠一般戰術根本無法與之抗衡。

我與艾莎交戰時總會兵行詭道，也是因為沒有任何方法能跟艾莎的這股力量正面抗衡。

面對擁有壓倒性攻擊力的艾莎，正面迎戰根本是愚蠢至極。所以我每次都不會只針對艾莎一人，而是設法封住她麾下部隊的行動。

可是『帝國』軍不懂這些。當我被逐出軍方，麾下軍團遭解散的瞬間，針對精靈的各種戰術也隨之失傳。

當『帝國』軍損失約莫三分之一的戰力時，他們便遵循生存本能發動突擊。理由是這樣總比繼續被艾莎單方面屠殺好上一點。

此舉以戰術而言是非常正確，卻又都在我的預料之中，於是我大聲下令。

「眾將士聽令，開始攻擊！射箭──！」

我軍開始全力朝著發動突擊的『帝國』軍放箭，只見『帝國』士兵被接連射殺。雖然有部分士兵一口氣衝上山丘，但被途中的拒馬槍擋住去路，在他們設法排除路障之際，就已紛紛被箭矢貫穿慘死。

艾莎也有受到這波突擊影響，不過目前無人是她的對手，她透過蘊含魔力的斬擊，光是一招就把十名至一百名的士兵打飛出去。

一段時間後，『帝國』軍停止突擊，現場只剩下散落於山丘周圍的大量『帝國』士兵遺體、同等數量的傷兵……以及毫髮無傷的『帝國』軍總隊。

位於總隊的『皇帝』……即使遠遠觀察也能看出他嚇得臉色蒼白，佇立於原地不斷發抖。

『帝國』軍已徹底瓦解……總隊的護衛僅剩若干名罷了。

「……接下來該怎麼做？卡特。」

艾莎調整好紊亂的呼吸，將劍尖對準總隊繼續詢問。

「我相信可以順勢滅了敵軍的總隊。」

「…………」

若是在這裡殺了皇帝，我們肯定能夠安然無恙地抵達艾莎他們的故鄉。在失去皇帝的情況下，『帝國』將無暇派兵追擊。

不對，甚至無法肯定『帝國』今後會面臨何種局面，搞不好會為了爭奪繼承權而爆發內戰。

這情況對精靈族而言無非是好事……卻也會引來『帝國』全體國民的仇視。

如此一來，等『帝國』的狀況穩定下來以後，他們勢必會採取報復行動。

對我來說，這是非避免不可的未來。

原因是遭受報復的也許並非我跟艾莎……而是下一世代的子孫們也說不定。

「……停手吧，我不想令戰火繼續擴大。而且讓知曉我方實力的傢伙來統治『帝國』……將有助於往後的和平發展。『帝國』軍像這樣一敗塗地之後，近期內也不敢輕舉妄動。」

「……好吧。」

語畢，艾莎將劍納入鞘裡，然後扭頭注視我……她先是一臉幸福地摸了摸自己的下腹部，接著對我嫣然一笑說：

「卡特，讓我們一起回到我們的故鄉吧。」

## 3　決戰前夜

……時間回溯至前一夜，地點是我的房間。

「嗯……呼……親……舔……親……」

我和艾莎再度接吻後，便展開成人式的熱吻。

我們激烈地擁吻，讓彼此的舌頭糾纏在一起。

艾莎渴望著我的舌頭，我也渴望著艾莎的舌頭，兩人的唾液沾黏於對方的舌尖上，進而發出淫穢的聲音。

「親……舔……啊嗯……呼啊……嗯……」

接吻果真能給人帶來快感……

我享受著艾莎那有些粗糙又溫暖的舌頭，接著頂開她的舌尖，將自己的舌頭伸進深處，簡直就像正在演出重頭戲。

「……！嗯嗯……！親……嗯呼！」

艾莎承受著我的猛攻，發出嬌喘挺身應戰。我們反射性地握住彼此的手，並互相磨蹭對方的身體。艾莎那豐滿柔軟的乳房被我壓扁，給人帶來一種背脊發麻的快感。

在我們終於把嘴唇分開後，兩人那溼答答的唇瓣之間還牽著一條由唾液組成的銀絲。

艾莎用手將它抹掉後，害羞地露出苦笑。

「唉、唉唷……卡特你真是的，從接吻就這麼激烈……害我覺得嘴巴有點累。」

「又沒關係，因為我就是這麼地想讓妳舒服……妳很喜歡接吻吧？我也同樣喜歡喔。」

「唔、嗯……我也喜歡和你接吻，因為會令我產生一股自己正被人深深愛著的幸福感。」

艾莎直率地表達出自己的心意，讓我覺得非常幸福。老實說不久前完全無法想像她會對我如此坦白。

「那麼，我就來繼續疼愛妳。」

我讓艾莎躺在床上，溫柔地脫下她平常穿的布甲、絲襪和內褲等衣物。

轉眼間，艾莎已是一絲不掛，她似乎還是會感到害羞，伸手遮住她那豐滿的胸部，同時夾緊雙腿，避免讓人看見她的私密處。這副模樣可愛到令我心癢難耐。

當我跨坐在艾莎的身上，她像是想確認般羞澀地提問說：

「那個，卡特……這個……今天會做到……有結果……是嗎……？」

「嗯，就一路做到讓妳懷孕。」

今晚我會讓艾莎懷上孩子，進而開創出我、艾莎以及全體叛軍的未來。

為了開創未來而性交到讓人懷孕……儘管聽起來挺令人感到拘謹，偏偏這也是無可撼動的事實。

人是為了自己，為了所愛之人，為了孕育出下一世代的未來，才會與對方的肉體結合。

「妳為何這麼問？難道是會不安嗎？」

「沒那回事，我很開心，是真的非常開心。如果我懷孕的話，就可以在這個世上留下與你相愛的證明。無論今後發生什麼事，唯獨這點是千真萬確的事實……」

正因為無法預料我們接下來會面臨何種遭遇，所以想要有個彼此相愛過的證據……艾莎這份迫切的思念，令我不禁胸口一緊。

「艾莎……！」

「等……！就說你太激動了啦……！」

我一口氣把臉埋進艾莎的懷裡，透過臉頰享受那股柔嫩的觸感，然後用鼻頭磨蹭她的乳房，看著雙峰被我用臉頰輕輕一頂而抖動搖晃，並將她的體香吸入鼻腔內……

「卡、卡特……看你今天似乎真的打算做到底耶……」

「我也沒辦法啊，誰叫妳的胸部太迷人了。」

「唉唷，你怎麼老愛說這種蠢話……」

語畢，艾莎溫柔地抱住我的頭。莫名令我有種變回孩子的感覺。

於是我維持這樣的心情，輕輕用嘴巴含住艾莎右側乳房的前端，開始用舌頭來回舔弄著。

「嗯……！那邊好舒服……呼唔嗯嗯嗯！」

艾莎渾身一抖，同時緊緊抱住我的頭。

我對艾莎如此敏感的反應感到十分滿意，並繼續用舌頭玩弄她右側的乳頭。比方說用舌尖輕輕頂向乳頭，或是沾上大量的唾液來回舔弄。

另外我伸手摸向左側的乳房，輕輕搓揉並捏住乳頭加強刺激。

「咿嗯……！卡特，我那邊……很敏感……不行～……！真的是……好舒服……！」

艾莎的胸部當真有著最極致的觸感。

不僅是分量十足，還酥軟柔嫩到用指頭輕輕一戳就會陷進去，而且那溫熱的乳房充滿彈性地像是想立刻將指頭推回去。單單這樣愛撫，就令我下半身的海綿體開始充血。

另外……

「……總覺得妳的胸部比起一開始似乎更大了耶……」

「嗯……！卡、卡特你也……這麼認為……？」

「因為滿明顯的……難道說……」

「這、這都是你害的呀……誰叫你幾乎每天都在摸我的胸部……！」

「想想近來沒跟妳做愛的日子反而比較少。沒想到胸部被男人搓揉會變大的傳聞竟然所言不假……」

「你、你這個笨蛋～……！」

「拜此所賜，妳的敏感度也提升不少……」

「啊咿咿咿！這樣子……太刺激了……！」

我本來是用舌頭舔弄右側的乳頭，但在改成輕咬後，艾莎忍不住將身子往後仰。

當我緊接著以左手捏住乳頭時，艾莎的身體更加用力痙攣。

「啊嗚……！沒、沒錯……在被你開發以後，我的身體變得如此淫蕩……所以……嗯！我要你在今晚……那個……負起全責……！」

我聽著艾莎的嬌喘，將騰出來的右手摸向艾莎的私密處。

「啊嗚……！那、那裡是～……！」

艾莎的陰脣滿是愛液，連帶大腿內側也溼答答的。一股濃郁的瑞可塔乳酪香氣隨之飄進鼻腔裡。

我用右手撫摸洞口周圍，先是沿著陰部周圍畫圓將陰脣打開，然後愛撫中間的陰蒂。

「嗯、呼！啊！啊嗯！呼啊啊啊……！」

艾莎緊緊抓住床單抵抗著歡愉。我把食指跟中指伸進蜜壺內溫柔地刺激該處後，再拔出兩指移至艾莎的眼前。

艾莎看見沾滿愛液並牽著銀絲的兩根指頭後，滿臉羞紅地問說：

「嗯……！你、你這是要做什麼嘛……？」

「也沒什麼啦……像這樣稍微炫耀一下，對男人來說還挺爽的。」

「我、我說你呀……！」

「倘若換成皇帝，這還只是小兒科而已。」

「唔……！都這種時候了，你還是一樣愛耍嘴皮子……」

「抱歉，我天生就是這種個性……那我插進去囉。」

我把早已腫大到快爆發的男性象徵，抵在艾莎的陰脣上。

「……！」

艾莎不禁全身一抖。

不過她那多次接受過我的私密處，這次非常順暢地將我的分身全都含進去了。

「呼、呼啊啊啊啊！」

艾莎反射性地發出呻吟。

她的體內既溫暖又溼潤，有著不規則摺痕的嫩肉緊緊地夾住我。儘管不如第一次那般緊繃，取而代之給人帶來加倍的滑溜與快感。

「……妳的下面也變得更舒服囉。」

「就提醒過你別說那種話嘛……！」

「我動囉。」

「也不想想你用這種方式打岔過多少次……啊啊啊！」

我從一開始就卯足全力擺腰抽插。畢竟現在不能浪費一分一秒，而且我相信已經習慣做愛的艾莎能承受我的猛攻。

不出所料，艾莎也立刻抓好節奏，激烈地扭腰擺臀。

「啊啊！啊啊嗯！呼啊啊啊啊！哪有人從一開始……！這麼刺激……！這樣磨蹭裡面……會害我受不了的……！」

「需要我放慢嗎？」

「不用！沒關係！繼續這樣就好……！我……沒問題……！被最愛的卡特你這麼用力頂入體內……我是真的……非常開心……！所以……我也覺得很舒服喔……！」

「艾莎……！」

「卡特～……！」

噗滋……！噗滋噗滋！噗滋噗滋噗滋噗滋！

我們激烈得有如動物在交配。我每擺腰一次，艾莎那溼滑的蜜壺就會被我貫穿，不規則的嫩肉立刻圍上來。沒多久我就產生強烈的射精慾望，很想立刻宣洩在艾莎的體內。

今晚的目標是讓艾莎懷孕。

也就是可以盡情在她體內射精的日子。

為此必須讓艾莎滿足，令她高潮……她的子宮口才會鬆開，進而更容易懷孕。

這麼做是為了我們的未來……是為了讓我們活下去，從此得到幸福……！

不過現實情況與我的意志恰恰相反，艾莎的蜜壺彷彿催促我趕快射精，緊緊糾纏住我的分身，宛如在吸吮般蠕動著。

因為真的太舒服，我只要稍微放鬆就會立刻繳械……因此我不由得發出呻吟。

「嗯，唔……」

艾莎似乎有些擔心……卻又十分開心地輕聲說：

「你、你是為了我……在忍耐吧……？除了你自己以外，也想讓我高潮是吧？」

她發出規律的嬌喘聲，同時露出幸福的笑容。

「謝謝你……我真的很慶幸能和你發生肉體關係喔……」

「嗯，我也是……！」

「那、那就……拜託你……吻我……摸我的胸部……盡情占有我身體的全部……一起達到高潮吧……！」

「艾莎……」

「要我成為『皇帝』的奴隸是敬謝不敏，但是我很樂意成為……你的奴隸喔……！」

「笨蛋，妳是我的愛人……是我未來的妻子，也是孩子的母親，所以我絕不會讓妳變成奴隸……不管是妳……以及妳的同胞們……都再也不會成為奴隸……！」

「唔、嗯……！因為是你……我才可以放心地獻出自己喔……！」

我一舉奪走艾莎的唇，激烈地與她舌吻，兩手使勁抓住她的胸部加以愛撫。

這段期間我也沒有停下擺腰的動作，反倒是為了讓艾莎高潮，不時上下左右調整進攻角度，彷彿想挖開她的陰道般使出猛攻。

在我們停止接吻的空檔，艾莎輕聲啜泣地呻吟說：

「啊！咿！啊唔……呼啊啊！我、我的嘴巴……胸部……還有下面……都酥酥麻麻的……好舒服！太舒服了啦——！」

「既然如此，這樣呢……？」

我毫無前兆地輕咬艾莎右邊的耳垂，她宛如承受不了般發出尖叫。

「呀啊啊！耳、耳朵～……太敏感了……總覺得自己……快發瘋了啦……！」

每當艾莎被我玩弄耳朵，她的陰道就會抽搐，滿是皺褶的肉壁便緊緊掐住我的分身。也許是耳朵就位於頭部，產生的快感會直接傳進大腦裡。

「啊哈～～……耳朵……好舒服……太棒了～……」

艾莎露出淫蕩的表情，以勉強還算清晰的語調說出感受。

肉體與肉體激烈碰撞發出劇烈的聲響，結合處隨之宣洩出無止盡的體液，遭擠壓飛濺出來的水沫不斷發出「噗滋噗滋」的聲音。只要我們一停止親吻，就能看見唾液從艾莎的嘴角流下來，導致她臉上滿是口水。

每當我用龜頭頂向子宮，艾莎就會發出高亢的呻吟，並彷彿想擺脫快感般扭動身體。

對了，說起現在這個姿勢……想想好久沒跟艾莎用正常位做愛了。不過莫名覺得此種體位很適合今天這個大日子。

啪！啪啪！啪啪……啪！

「啊啊！呼！呼！卡特！我……已經……！」

「要高潮了嗎？」

艾莎任由她的巨乳隨著抽插上下搖晃，在聽見我的問題後她回答說：

「我、我要高潮了……要高潮了要高潮了……真的要高潮了～～……！卡特你陪我一塊去……！」

「沒問題，看我把妳灌得飽飽的。」

「唔、嗯……來吧……！將我的下面……灌滿你的精液吧……！而且要多到滿出來～……！並且……並且……！」

「讓妳懷上小寶寶……是嗎？」

「沒錯……！讓我懷孕……！讓我懷上孩子……！讓身為條頓堡族精靈公主的我……從此專屬於卡特你一個人的～～！」

我卯足全力重複抽插的動作，艾莎也擺臀做出回應，時機準確到天衣無縫……如此極致的默契，唯有歷經多次肉體交合的兩人才能夠達成。

彷彿想徹底感受彼此的身體般，我以分身貫穿艾莎的陰部，艾莎則拚了命地用柔軟的肉壁承受著我。

我們遵循本能地撞擊彼此的肉體。想想既然是為了創造孩子，這麼做或許算得上是最佳答案。

於是……

「……！我不行了，要射了……！」

「我、我、我也一樣……要去了……要去了要去了要去了要去了……要高潮了～～～～～～！」

艾莎猛然將身子向後一仰，胸部隨著動作大幅搖晃。

我見狀後，也放棄繼續壓抑射精慾，將所有的一切都釋放出來。

噴！噴噴噴……！噴噴……噴！

我在艾莎的最深處解放出一切。

能感受到灼熱的精液射進艾莎的體內。與此同時，艾莎的陰道也用力一縮，催促我繼續射精。

「啊……咿……呼……啊啊啊～……好多……好多的精液……射進來了～～」

艾莎依然仰著身子，聲嘶力竭地喃喃自語。

大概是高潮終於結束，她整個人躺倒在床上。

「呼～呼～呼～……」

她似乎感到渾身舒暢，發出幸福的喘息聲……脣瓣化成彎月狀露出微笑。

「真、真的是……好舒服……卡特你呢……？」

「嗯，我也一樣很舒服……艾莎的身體果真棒透了……」

「你又說這種甜言蜜語……不過我很開心……嗯……親……親……」

我們很有默契地同時吻向對方，用雙手擁抱著彼此的身體。雖然艾莎滿身是汗，不過她那柔軟的身體和代表生命的脈動都令我感到心安。

我們默默地擁抱一段時間後，艾莎在我的耳邊細語說：

「……那麼，今晚應該還沒結束吧……？」

「沒錯，當然還有下一輪。畢竟我早就說過今晚會一路做到底。」

「你不要緊嗎……？」

「難道妳還沒發現嗎？」

艾莎起先困惑地睜大雙眼，但很快就明白我想表達的意思了。

我那還待在艾莎體內的陰莖明明才剛射精完，卻依舊沒有失去雄風。不如說是多虧艾莎高潮時用力縮緊陰道的關係，它又再度充血變大。

只見肉棒還插在裡面的結合處，湧出大量由愛液跟精液交融而成的白濁液體，這畫面真是淫穢到難以用言語形容。

「你、你也真是的……居然還這麼有精神……」

「今天不努力的話更待何時，況且今晚……」

「是為了懷孕而做愛……唔、這種事別讓我說那麼多次啦！」

「妳終於肯說出『做愛』二字了，明明當初光是要妳說『做羞羞事』就快不行了。」

「這、這種時候就不要欺負我嘛……！」

身體還緊密連接在一起的我們交談完後，忍不住相視而笑。

我想……這就是所謂的幸福吧。

艾莎含情脈脈地看著我，羞澀地以肢體動作勾引我繼續占有她的肉體。

「嗯……那接下來就……」

◇　◇　◇

「唔嗯嗯嗯！卡特，我愛你我愛你我愛你！我好愛你啊～～！啊啊啊！」

艾莎將雙手撐在床上，以趴下的姿勢任由卡特從後側貫穿自己的陰部，並把心中的感受吶喊出來。

卡特說「一路做到懷孕」的性交已持續好幾個小時，雙方在這段期間不知讓肉體結合過多少次，也記不清射精在體內的次數了。

不過兩人仍舊沒有停止性行為。

艾莎對此是樂見其成。

（因為卡特是為了我這麼努力呀……！）

為了懷孕而看不見終點的性交……確實這對艾莎的身體造成極大負擔，不過卡特在精神與體力方面承受的壓力也不容小覷。

其中最主要的證據，就是卡特將辛苦表現在臉上的次數，隨著時間不斷增加。

（所、所以我也得加油，要讓卡特感到舒服才行，然後……！）

艾莎如此心想，但每當卡特用他那硬挺的陰莖從下面往上頂進來，就令她產生渾身酥麻的快感，讓她幾乎快被這股感覺所支配。

（啊嗚～！下面被插得……開始發麻……太舒服了～……！我的下面就這麼一再被內射，並且遭抽插幾百甚至幾千次，明明都快被玩爛了，卻還是感到好舒服喔～……！）

當子宮的入口被頂到時，快感就如同波浪般持續不斷地襲向艾莎，令她渾身發麻並顫抖。

（可是我不能這樣～……我絕對要懷上與卡特……與卡特的……愛的證明……！）

「啊～！舒服到害我……想不停擺腰……！卡特……卡特——！」

艾莎激烈地主動擺腰，奮力抵抗從陰部擴散至全身的快感，拚了命集中快要潰散的意識，堅定地在心中祈禱。

（我喜歡卡特……！最喜歡他了……！好想永遠和他相連在一起……但假如錯失

今晚這最後的機會，到時候……！）

卡特貪婪地不斷擺腰，但看得出來他的體力跟毅力都已瀕臨極限。艾莎心疼地希望他可以趕緊去休息，以備明日的大戰。

所以……

「啊、咿……！所、所以……！」

艾莎不由得將心思轉化成語言……把心願直接說了出來。

「拜託讓卡特進到我懷上小寶寶的……地方吧～！」

卡特在這瞬間悶哼一聲射精了。

噴……！噴噴噴……！噴噴噴噴！

「啊、咿咿～好燙～～～～～！」

艾莎也在同時達到高潮，但因為真的太舒服而繼續擺動臀部。

卡特的射精持續了一段時間，在終於結束之後……艾莎因高潮的餘韻而雙腿發抖，但她還是拚命穩住身子，並擺動腰部且縮緊陰道，盡可能地將卡特的精液通通榨乾。

（為了提高機率……我必須……一滴不剩……都吸入體內……！）

噗滋，噗滋，噗滋……艾莎每擺臀一次，結合處就發出溼潤的聲響，因卡特而變大的柔嫩胸部也隨之晃動。

艾莎在確認已從卡特的陽具中榨取出足夠的精液後……隨即感到雙腿發軟，就這麼癱倒在床上。

「呼～呼～呼～……」

（拜託……上蒼……！讓我懷上小寶寶……讓卡特跟大家……都有美好的未來……！）

艾莎不斷喘息，同時被性交的甜美餘韻侵蝕著意識，不過她依然沒有停止祈禱。

佩因、菲雅兒、優妮絲……叛軍同志們的臉龐逐一浮現在艾莎的腦海裡。

卡特似乎也非常疲倦，一屁股坐在床上大口喘氣。

卡特和艾莎都暫時沒有說話，房間內只剩下兩人的喘息聲。

（還、還是不行嗎……？）

當艾莎的內心逐漸染上絕望之際——

喀啦！

伴隨這陣清脆的金屬碎裂聲，一直戴在艾莎脖子上的大項圈裂成兩半，就這麼掉在床上。

同時散發出蒸氣與氣體外洩的聲響。

「「…………!!」」

艾莎腦中一片空白地看著此景，卡特也出現相同的反應。

待項圈的蒸氣都噴完之後……房間內再度恢復寂靜。

艾莎與卡特不禁望向彼此。卡特沒有多說什麼……只是靜靜地點了點頭。

一股強烈的情感在艾莎心中擴散開來。

束縛他們的『詛咒裝束』終於全部拆下來了。

這麼一來，艾莎就可以發揮出她身為精靈所有的力量了。

明日的決戰也必勝無疑。

不對，比起戰爭，還有另一件更重要的事情……

(我懷孕了……意思是有個小寶寶……在我的肚子裡了……)

艾莎憐愛地撫摸著自己的下腹部……摸著被卡特灌滿精液的部位。

(卡特的精子……進入我的子宮，然後與我的卵子……合而為一……)

艾莎不由得渾身一抖……這不是因為之前那種身為女性的歡愉，而是百分之百發自內心的喜悅。

不知不覺間，她發現視野逐漸變得模糊……

「……我們成功了，艾莎。」

艾莎扭頭望向卡特……儘管卡特一臉疲倦，卻露出一個艾莎至今不曾見過的笑容，臉上寫滿了安心與幸福。

「『詛咒裝束』已全部解開。這場戰爭……我們掀起的這場奴隸叛亂，肯定是由我們取得最終勝利。這段時間辛苦妳了。」

卡特溫柔地摸了摸艾莎的頭。

「多虧妳的努力，我們……所有的叛軍才得以活命。不愧是我所愛的精靈公主……艾莎・條頓堡・艾爾菲納。」

「卡、卡特……」

「能夠與妳相遇……我是打從心底感到慶幸。」

艾莎在聽完這些話的瞬間，心中的情感就此潰堤，淚水不停從眼眶流下來。

哭成淚人兒的艾莎握住卡特的手，緊緊將它擁入懷裡……接著她露出符合精靈公主身分的動人笑容說：

「嗯……我也一樣……今後也請你多多指教喔……」

「卡特……我這輩子最愛的人……」

# 終章　全新的故事就此展開……

## 1　條頓堡村

「這個地方……」

我站在樹木茂盛的懸崖上，從該處俯瞰眼前的光景……不由得止住話語。

在這片闊葉樹林裡存在著好幾個小村落，也能看見在路上來往穿梭的人們。

「這裡就是……條頓堡森林的……精靈村……」

「……沒錯。」

艾莎來到我的身邊，以既喜悅又懷念的語氣說著。

「這就是我們的故鄉……也是我們的歸處……」

艾莎為了平復情緒，做一次深呼吸才把話說下去。

「我們終於……回來了……」

我沒有出聲回應，因為當年就是我率軍入侵這裡，所以我覺得自己沒資格表示什麼。

不過我還是握住艾莎的右手，藉此將心中的感受傳達給她。

艾莎也回握住我的手，與我十指緊扣，像在表示她能理解我的心情。

「……這一路上……發生了好多事……」

艾莎有如代替我表達心聲般如此說著。

「最終能平安回到這裡，真的是太好了……」

……艾莎這句話說得一點都沒錯。

在那場決戰……於奧伊根多夫郊外與『帝國』軍的一戰結束之後，我們和先一步離去的非戰鬥人員們會合，接著按照原定計畫繼續朝著艾莎他們的故鄉前進。

儘管因為出發準備不夠充分的緣故，途中面臨糧食不足等各種狀況，但幸好一路上都沒遭遇危及性命的險境……在跋山涉水經過一個月的今日，我們終於抵達第一個目的地，也就是艾莎的故鄉・條頓堡族森林裡的精靈村。

這段期間，『帝國』並未對我方採取任何軍事行動。

確切說來是「無法採取任何軍事行動」。我軍僅憑一千五百名精靈劍鬥士，就徹底擊潰兵力多達一萬五千人的『帝國』軍。對於極度看重自身權力的地方執政官們而言，自然是不可能會派軍追擊這樣的勁旅。

『帝國』軍只因為這麼一場戰爭就失去主力部隊，而且還是皇帝一意孤行所導致……上述事實令首都的政治界陷入一片混亂。據消息指出，眾將軍出乎預料地一改以往的態度，大肆對皇帝提出批判。

不過這都是『帝國』的內部局勢，跟實際上已經拋棄祖國的我與親衛隊，還有艾莎等精靈們是一點關係都沒有。

我和親衛隊唯一的心願，就是把淪為奴隸的精靈們都送回故鄉。

並且，這個心願在此時此刻終於得以實現了……

「我們真的方便一起來這裡打擾嗎？大姊。」

站在我們身後的佩因，一臉愧疚地詢問艾莎。

「先不提身為叛軍指揮官的主帥，我們就只是來幫忙的跟班而已，再加上我們以前曾破壞過這座村子……即便是因為戰爭，我們也沒資格承蒙你們的照顧……」

「關於這件事，我已經說過好幾次沒問題了吧？」

艾莎將雙手插在腰上，以略感傻眼的語氣繼續說：

「我已命人先一步將我們的狀況傳達過去，村民們都很高興我們能平安歸來，我的父母也抱持相同的想法。雖說完全不會記恨當年的事情是騙人的……不過我們攜手合作戰勝皇帝親率的大軍，平安抵達這裡的事實理當更為重要。」

「如果真是這樣的話，當然是再好不過啦……」

「放心吧，在場所有精靈都願意以人格擔保你們正派的立場與作為，我相信村裡的精靈們也會願意接納你們……對吧？菲雅兒。」

「說得沒錯！身為精靈公主的艾莎大人和我，豈會把杜里馮大人與佩因大人這樣的大恩人拒於門外！」

菲雅兒信心滿滿地誇下海口……

然後一把抱住佩因那粗壯的手臂。

「根據傳令兵帶回來的信件，父親大人和母親大人都很想盡早跟女兒的救命恩人道謝喔……！所以佩因大人，請務必要永遠陪伴在我的身邊喔！」

「那個，這個，啊哈哈哈……」

面對菲雅兒的主動，佩因露出一個無精打采的苦笑。看來他被算總帳的時刻終於到了。

弓兵優妮絲來到我們身邊，氣呼呼地將雙手交叉在胸前說：

「艾莎大人跟菲雅兒大人也真是的，明明之前正值戰爭期間竟然還談戀愛，簡直就是太散漫了！你們其他人也一樣，都應該更自重點才對！」

優妮絲指著我、佩因以及多名親衛隊員大表不滿。

其實在這場戰爭裡譜出愛情的精靈和人族，不光只有我和艾莎以及佩因與菲雅兒這兩組而已。在這一個月的時間裡，已誕生超過十組以上的情侶。

我與艾莎原則上對外仍只停留在同志的關係……不過這也僅限於表面上，大多數的同伴都已察覺出真相了。

「怎麼？優妮絲因為找不到對象，才鬧彆扭這麼抱怨嗎？」

「才、才沒有那回事呢……！」

優妮絲立刻反駁……卻露出一副被人拆穿心思的樣子，惹得眾人開懷大笑。

我們稍微欣賞一下村子的美景後，繼續沿著森林裡的道路往前走。

我們身後跟著一千五百名以上的精靈們。值得慶幸的一點，就是這段旅途中並沒有任何人脫隊。

「艾莎。」

我壓低音量在艾莎的耳邊竊竊私語。

「那個，先不說我，妳我之間的……」

「……是指小寶寶吧？關於此事……我當然有稟報父母囉。」

艾莎為了哄我安心，回以一個柔和的微笑解釋著。

「雖然他們還是十分驚訝……但似乎可以坦然接受，還寫說想趕緊見到孫子呢。」

「這是真的嗎……？」

我難以置信地再度確認。記得艾莎的父母……條頓堡族的族長夫婦是反戰派，應當與艾莎處得不太融洽……

艾莎似乎看出我的擔憂，重重地點了一下頭說：

「的確我的父母都排斥戰爭，在這方面與我是意見相左……不過我跟父母的感情很好，他們很高興見到我回家喔。」

「這樣啊……」

「信上還提到說，如果你和我還有我們的孩子能成為人族與精靈族就此停戰的契機，將是他們最大的幸福……」

「該怎麼說呢……這真是令我受寵若驚……」

艾莎已懷孕一個月，儘管目前她的體態與往常無異，但再過不久就會漸漸挺出肚子，十個月後迎接孩子的出生。

既然要生下孩子，我就只能與艾莎一起生活在她的故鄉裡。

到時不光是接受我這名人族，她的父母還得接納我跟艾莎……也就是人族與精靈產下的混血兒……老實說我對此仍是十分不安，但假如相信艾莎說的話，也許是我過於杞人憂天了。

艾莎不禁面露苦笑，輕輕捶了一下我的胸膛。

「你振作點啦，和我在這裡交戰時的你，可從來沒出現過這麼脆弱的一面喔。」

「單純是我驚覺擔任將軍與身為人父，需要截然不同的努力而已。真是的，感覺設法打勝仗還比較輕鬆呢。」

「我倒是樂見其成喔，因為你現在才終於真正開始仰賴我。今後你就儘管依賴我，畢竟我可是精靈族的公主呀。」

「那我就恭敬不如從命囉。」

「二位怎麼啦？難道是在討論結婚儀式嗎？」

佩因嬉皮笑臉地跑來打岔。

「大姊，我先在這裡提醒妳一下，主帥不擅長的事情可多著了，尤其是他非常不會做菜。過去我軍被敵方包圍時，弟兄們喝了主帥做的湯後全都吃壞肚子，導致戰況雪上加霜……」

「佩因！你現在提這個幹麼!?而且我們並非是在討論結婚儀式……」

「哦豁～這真是個很棒的小道消息♪對我今後很有幫助。」

「大姊英明。」

「喂，怎麼連艾莎妳也……！」

我憤恨地瞪了艾莎一眼……她卻興高采烈地伸出舌頭開心一笑。

## 2　我的卡特

事實證明，一切都是我擔心過度了。當我們抵達條頓堡村之後，立刻受到村民們熱烈的歡迎。看著此生理當再無機會相見的親朋好友平安歸來，大家都開心不已，並不停對我們表示感謝。

在這之後，我也見到了艾莎的父母。

他們的反應當真一如艾莎看完書信所轉述的那樣，無論是對我跟艾莎的關係，以及艾莎腹中的孩子都是樂見其成，就連我在精靈村裡的立場也已事前做好對策。

另外，也在當天舉辦一場歡迎我們到來的慶典。

可是我們不能在這裡逗留太久，原因是叛軍的一千五百名成員之中，只有兩百五十名是條頓堡族出身的精靈，所以必須把剩下的精靈們護送至各自的故鄉。換言之，我身為指揮官的工作尚未結束。

在祭典結束的當晚……

「……妳這樣全裸迎接我，給人一種今晚想盡情放縱的感覺耶。」

等到過了午夜以後，記得來我的臥室找我……我依約前往艾莎的臥室，只見她如同我說的那樣，一絲不掛地等在裡頭。

看來她一直維持著這身模樣等我上門。

艾莎聽完我的感想後先是一愣，但很快就氣呼呼地反駁說：

「又、又沒關係……！反正等你幫我脫好也很麻煩呀！」

「妳這句話等於否定了全天下男人的浪漫喔……」

「而且在這一個月裡，你從來沒碰過我……因此我是希望讓你看看在解開所有詛咒後，全身上下再無任何多餘物品的我……」

「……原來如此。」

正如艾莎所言，我跟她已足足一個月沒有再交合過。理由是之前正值行軍期間，外加上艾莎剛懷孕不久，於是我跟她對於做那檔事都有些顧忌。

不過艾莎現在的身體狀況已十分穩定，因此才想說至少今天稍微縱慾一下也無妨。畢竟從明天起，又得過著四處移動的日子。

而且自從『一路做到懷孕為止』的那晚……我才終於再次看見身上沒有任何一件『詛咒裝束』，完全赤裸的艾莎。當時我是真的非常疲憊，沒力氣好好欣賞一下……她這身模樣倒也給人一種新鮮感。

我如此心想地仔細觀察艾莎的裸體……片刻後，艾莎羞澀地雙頰泛紅說：

「你、你做什麼啦……別瞧得那麼仔細嘛。」

「那個，是妳自己說要讓我看的啊……」

「任何事情都有所謂的底線呀！」

「因為全身赤裸的妳當真太美了，害我忍不住看痴了。」

「你又這樣灌我迷湯來打馬虎眼……」

儘管艾莎嘴上這麼說，神情卻顯得十分高興，她握住我的手笑著說：

「那麼，我最重要的人啊，至少今晚讓我用身體來撫慰你吧……」

因為艾莎的肚子裡還有個孩子，為了避免對她的身體造成負擔，我不想做出過度激烈的性交。

所以我讓艾莎躺在床上，以側臥體位從後方溫柔地撫摸她的身體。

「卡特的手掌……真是又大又溫暖呢……」

「是嗎？」

「嗯……你可以……多摸點這裡嗎……？」

艾莎將我的右手引導至肚臍下側，也就是我倆孩子所在的位置。

我溫柔地摸著艾莎的腹部，從手掌傳來的觸感與摸過多次的胸部跟臀部明顯不同，光是這麼愛撫就覺得很舒服。僅僅這樣輕輕搓揉，就有一股慈祥的心情油然而生。

「如何？有讓你產生已成人父的感覺嗎？」

「我還不太確定耶……艾莎妳呢？」

「我可是滿心期待當個媽媽囉。」

「精靈族的媽媽……精靈媽媽……聽起來莫名像是某種頗病態的玩法耶。」

「你身為男人的本性還真是深植至骨髓裡呢……」

「老實說我原本頗擔心皇帝是追求這種玩法，若是真把它列入解除詛咒的條件裡，我還真不知該如何是好。」

「那是哪來的地獄啊。不過原來還有這種玩法。需要我來幫你體驗看看嗎？相信等到肚子變大以後，我就會分泌母乳了……」

「問題是我也有自己的尊嚴啊。」

「啊哈哈，那還真可惜呢。」

艾莎開心地笑著。一想到如此可愛的精靈就是我的妻子，就令我有種又酸又甜的青澀心情。

「吶～卡特……」

艾莎以撒嬌的語調呼喚我，並將臉湊過來。

我開始與艾莎接吻，起先是類似於餵食雛鳥的輕吻，一段時間後便改為成年人才會做的舌吻。

「嗯……呼……親……親……呼～……親……」

透過舌頭將彼此的唾液充分混合後，分開的脣瓣之間牽著一條銀色絲線。

「嗯～……卡特～……」

「妳真的很喜歡接吻耶。」

「因為這會帶給我一種受人疼愛的感覺嘛……」

艾莎春心蕩漾地給出答案，看她的樣子應當已完全做好準備。

我將完全勃起的陽具抵在艾莎的雙腿間，她的私密處已是愛液氾濫，周圍溼成一片。

「……妳果真很想好好放縱一下對吧。」

「因、因為很久沒做了嘛……總會有些期待呀……」

「但是太劇烈總會有些不妥……」

「那就保持這個姿勢慢慢來……我也想從你的身上得到慰藉……」

「沒問題，另外我有一個請求。」

「什麼請求？」

「可以請妳把頭髮放下來嗎？想想我不曾看過妳放下頭髮的模樣……」

「我是無所謂啦……」

艾莎納悶地說完後，將雙手伸向頭髮兩側的緞帶。

她把固定住雙馬尾髮型的兩條緞帶一解開，秀髮隨之散落，變成標準的直長髮。

這模樣就像是一名真正的公主……與先前的艾莎簡直是判若兩人。綁著雙馬尾髮型的艾莎看起來既瀟灑又可愛，不過放下頭髮的她則是很有氣質，散發出不同的魅力。

「唉、唉唷，你別一直盯著瞧嘛，我會害羞的……」

艾莎的臉頰染上一抹微暈，難為情地輕聲抗議。

「抱歉……因為妳真的太美，害我看痴了……」

「笨蛋……不過你喜歡的話，我可以改留這個髮型喔……？」

「這樣又會讓人覺得有點可惜，這件事等之後再討論，但今天就先維持這樣吧。」

「嗯……我也一樣挺開心能以不同的模樣來面對你……」

看著艾莎直白地說出感受，令我再也把持不住自己，輕輕地與她一連親吻好幾下。

接著我再度把肉棒抵在艾莎的陰脣上，慢慢地前後擺動。也就是所謂的股交。

像這樣用龜頭磨蹭艾莎那淫滑柔嫩的陰脣以及緊實有彈性的屁股，也能帶來不同的享受。

「嗯……呼……這種方式……也挺不錯的……」

放下頭髮的艾莎似乎也很舒服，在嬌喘之餘如此低語。

股交持續一段時間後，艾莎的私密處變得更加淫潤，甚至將陰莖染淫到能牽出一條條的銀絲。每當肉棒摩擦，兩側的陰脣就會被撐開來，同時產生淫潤的聲響。

「啊、咿、啊、咿嗯、呼……卡、卡特……啊嗯嗯嗯嗯！」

原本一直在嬌喘的艾莎，此刻突然發出性感的呻吟。

因為我突然將肉棒插進艾莎的陰道裡。多虧股交的成效，我清楚明白無論從哪個角度，都可以一口氣把陰莖插入她的體內。

艾莎不禁露出苦笑，以既傻眼又欣喜的口吻說：

「卡、卡特你也真是的，居然搞偷襲……」

「抱歉，因為我忍不住了……」

「沒關係，別這麼說……畢竟只有我一個人享受也不好意思呀……」

艾莎溫柔地夾緊下半身，令陰道收縮包覆住我的陰莖。

「我也得讓你感到舒服才行……」

「我知道了。」

我開始慢慢擺腰。側臥體位的優點，就是我和艾莎可以緊貼著彼此的身體抽插。這種做愛方式，能讓我同時好好享受艾莎軟嫩的身體。

「闊、闊別一個月的大○雞……當真是……太棒了……！啊唔唔嗯……！」

艾莎將我的大鵰完全接納進體內，一臉幸福地發出香豔的呻吟聲。

她為了得到快感，也開始微微擺動臀部。

「啊、呼啊！嗯！卡特……我好想……就這樣……一直做下去……！」

「我也是，艾莎。」

「吶，我的小○穴舒服嗎……？有確實讓你的大○雞感到舒服嗎……？」

「如果我不覺得舒服，就不會這麼做了……但妳為何要這麼問……？」

「因為……我身上的詛咒已經解除……沒有能與你做愛的理由……所以我擔

心……你今後是否還願意來疼愛我……」

「笨蛋，這一點都不像妳的個性。妳放心，我會永遠和妳在一起，也會一直像這樣疼愛妳，當然等妳肚子變大後得稍微節制點，不過在那之後也會疼愛妳的……」

「唔、嗯……！我好開心……！卡特，我喜歡你……我好喜歡你……！我愛你……！」

啪！啪啪啪啪啪！

噗滋！噗滋噗滋噗滋噗滋！

我頂向艾莎臀部的碰撞聲，與肉棒蹂躪她體內的聲響重疊在一起，就此合奏出荒淫的交響曲。艾莎激烈到髮絲凌亂，乳頭完全變硬的胸部也隨著動作不斷晃動。

「卡、卡特……我快要……不行了……！」

「我也是，艾莎……！要射了……！」

我用雙手抱住艾莎，把陰莖挺進她體內的最深處，在那裡解放精子。

噴————！噴噴！噴————！

「呀啊啊啊！射、射進來了……！卡特的黏稠液體……一口氣湧進我的體內……好燙啊啊啊啊！」

在我射精的瞬間，艾莎猛然將身子後仰，同時開始痙攣導致陰道收縮，緊緊束縛住我的陰莖，打算把精液全數榨乾。

「啊、呼啊啊……內射真的……好舒服～……我真的……太幸福了……」

艾莎一臉恍惚地享受著快感，眼眶還稍稍泛著淚光。

我們就這麼讓肉體緊密相連地維持了一段時間，接著艾莎突然更換姿勢，靈巧地挪動大腿跟腰部轉成正面看著我。由於許久沒有做愛，因此即使才剛射精完，我的陰莖依然沒有失去雄風，依然硬挺地貫穿艾莎的下體。

就像是證明今日性交的成果般，艾莎注意到此刻的自己頂著一頭亂髮，於是顯得有些害羞。

「……妳怎麼了？」

「我也想仔細看看你的臉。」

面對嫣然一笑神情滿足的艾莎，我也同樣感到十分幸福。

「對了，我有個東西要送給妳。」

我把當初不著邊際帶進房間裡的小木盒交給艾莎。

「這是什麼？」

「妳快打開來看看。」

艾莎打開木盒……在她看清楚內容物的瞬間，顯得相當感動。

「這是……！一枚戒指……！難道是結婚戒指……!?」

「沒錯，我一直想找機會把這東西交給妳。」

在祭典那晚，我決定送艾莎一個能代表兩人羈絆的定情物……這段期間一直很想付諸實行。

在銀色的戒環上，鑲有一顆與艾莎眼睛同樣璀璨的鈷藍色礦石，儘管不是什麼昂貴的戒指……但我相信艾莎一定會非常喜歡……

艾莎端詳那枚戒指一段時間，在戴於自己左手的無名指上之後，又再仔細看了一遍。

接著她露出打從心底感到非常欣喜的笑容，用右手輕輕握住戴上戒指的左手。然後喜極而泣地對我說：

「這、這份驚喜太令人意外了啦……害我都被你嚇到了……」

「抱歉……」

「別這麼說……我是真的很高興喔。儘管當初是因為名為『詛咒裝束』那種色色的圓環促使我們在一起……不過由於這段緣分，我又再次套上如此美麗的圓環……想想還挺奇妙呢。」

「就是說啊，是挺奇妙的。」

我們相視而笑……因為我實在太開心了，於是不自覺地握住艾莎的兩隻手。

在緊握住彼此的雙手之後，艾莎說：

「卡特，我會努力生下你賜給我的小寶寶。」

「嗯，我也會努力保護艾莎，與妳生下的這名孩子……以及妳出生的故鄉。」

「吶，如果我又遭人擄走，並且被下了其他詛咒……」

「我絕不會讓這種事情發生，但萬一真的變成那樣……」

我注視著艾莎的眼睛，將自己的決心說出口。

「無論要我引發多少次奇蹟都沒問題，我一定會把妳拯救出來的。」

「……最喜歡你了，卡特。唯獨我能呼喚你的這個名字，並且專屬於我的夫君……」

語畢，艾莎溫柔地在我的臉頰獻上一吻。

浮文字
精靈奴隸解放戰爭　公主騎士與詛咒項圈
（原名：奴隷エルフ解放戦争　姫騎士と呪いの首輪）

著　　者／內田弘樹　繪　　者／ななお　譯　　者／御門幻流
執 行 長／陳君平　美術總監／沙雲佩　國際版權／黃令歡、梁名儀
榮譽發行人／黃鎮隆　美術編輯／陳又荻　內文排版／謝青秀
協　　理／洪琇菁　執行編輯／曾鈺淳
總 編 輯／呂尚燁　企劃宣傳／楊玉如、施語宸、洪國瑋

出　　版／城邦文化事業股份有限公司 尖端出版
台北市中山區民生東路二段一四一號十樓
電話：（〇二）二五〇〇－七六〇〇
傳真：（〇二）二五〇〇－二六八三
E-mail: 7novels@mail2.spp.com.tw

發　　行／英屬蓋曼群島商家庭傳媒股份有限公司城邦分公司　尖端出版
台北市中山區民生東路二段一四一號十樓
電話：（〇二）二五〇〇－七六〇〇（代表號）
傳真：（〇二）二五〇〇－一九七九

中彰投以北經銷／楨彥有限公司（含宜花東）
電話：（〇二）八九一九－三三六九
傳真：（〇二）八九一四－五五二四

雲嘉以南／智豐圖書有限公司
（嘉義公司）電話：（〇五）二三三－三八五二
傳真：（〇五）二三三－三八六三
（高雄公司）電話：（〇七）三七三－〇〇七九
傳真：（〇七）三七三－〇〇八七

香港經銷／一代匯集
香港九龍旺角塘尾道六十四號龍駒企業大廈十樓 B＆D室
電話：（八五二）二七八三－八一〇二
傳真：（八五二）二七八二－一五二九

新馬經銷／城邦（馬新）出版集團 Cite（M）Sdn. Bhd.
E-mail: cite@cite.com.my

法律顧問／王子文律師　元禾法律事務所
台北市羅斯福路三段三十七號十五樓

二〇二二年五月一版一刷



郵購注意事項：
1.填妥劃撥單資料：帳號：50003021戶名：英屬蓋曼群島商家庭傳媒(股)公司城邦分公司。2.通信欄內註明訂購書名與冊數。3.劃撥金額低於500元，請加附掛號郵資50元。如劃撥日起 10～14日，仍未收到書時，請洽劃撥組。劃撥專線TEL：(03)312-4212 ・ FAX：(03)322-4621。E-mail：marketing@spp.com.tw

國家圖書館出版品預行編目資料

**精靈奴隸解放戰爭 公主騎士與詛咒項圈** / 內田弘樹作；御門幻流譯. -- 1版. -- [臺北市]：城邦文化事業股份有限公司尖端出版：英屬蓋曼群島商家庭傳媒股份有限公司城邦分公司發行，2022.05

面； 公分

譯自：**奴隷エルフ解放戦争　姫騎士と呪いの首輪**

ISBN 978-626-316-805-3（平裝）

861.57　　111003978